Chère Lectrice,

Vous avez entre les mains un livre de la Série Romance.

Vous allez partir avec vos héroïnes préférées vivre des émotions inconnues, dans des décors merveilleux.

Le rêve et l'enchantement vous attendent. Partez à la recherche du bonheur...

La Série Romance, c'est une rencontre, une aventure, un cœur à cœur passionnant, rien que pour vous : six nouveautés par mois.

Série Romance

NORA ROBERTS

Du soleil dans les yeux

Les livres que votre cœur attend

Titre original : *From This Day* (199)
© 1983, Nora Roberts
Originally published by SILHOUETTE BOOKS
a Simon & Schuster division of Gulf
& Western Corporation, New York

Traduction française de : Jean-Baptiste Damien
© 1983, Éditions J'ai Lu
31, rue de Tournon, 75006 Paris

Chapitre premier

Le printemps est tardif en Nouvelle-Angleterre. Çà et là, la neige persiste en petites plaques isolées. Les arbres hésitent à verdir et gardent leurs bourgeons serrés sur leurs branches nues. Puis une pâle floraison étoile la terre, et l'air s'emplit de promesses.

B.J. ouvrit sa fenêtre en grand et salua la brise matinale qui pénétrait dans sa chambre. Samedi, enfin, se dit-elle en souriant, et elle se mit à tresser ses longs cheveux couleur de blé. *L'Auberge du Lac* était à moitié pleine, la saison ne commençait que dans trois semaines et, si tout se déroulait comme prévu, ses fonctions de directrice lui seraient légères ce week-end.

Le personnel était dévoué, quoique parfois un peu familier et difficile à manier. Il formait une grande famille dont les membres se chamaillaient, se taquinaient, boudaient, mais restaient soudés comme brique et mortier en cas de besoin. Et dire que je suis le chef de cette tribu! songea B.J. en souriant de nouveau.

Son titre de « directrice » lui avait toujours semblé un peu ridicule... Sans s'y attarder davantage, elle enfila un jean délavé. Le miroir lui renvoya l'image d'une femme au corps d'adolescent, dont la tenue décontractée dissimulait des courbes juvéniles mais pleines. Deux tresses blond pâle encadraient son visage d'elfe en forme de cœur, dévoré par d'immenses yeux couleur de brume, au-dessus d'un petit nez retroussé et d'une bouche pleine.

Chacun de ses traits, d'une délicatesse de miniature, soulignait la vivacité d'un regard qui passait de la bienveillance à l'orage, selon les fluctuations de son humeur. Après avoir lacé ses chaussures de tennis, elle sortit de sa chambre d'un pas alerte, s'apprêtant à vérifier les préparatifs du petit déjeuner avant de s'offrir une heure de promenade solitaire.

L'escalier intérieur de l'auberge, imposant et nu, reliait ses quatre étages sans courbes ni angles, aussi droit et massif que le bâtiment lui-même. Elle constata avec satisfaction que le hall immaculé était désert. On avait ouvert les rideaux pour laisser entrer le soleil, aéré les coussins de dentelle, et un vase rempli de fleurs sauvages toutes fraîches trônait sur le bois luisant du comptoir de la réception. Un fracas de vaisselle l'attira vers la salle à manger; avec un soupir résigné, elle en poussa la porte. Deux femmes de chambre étaient plongées dans une discussion véhémente.

– Si tu aimes les hommes aux petits yeux de cochon, tu dois être heureuse, disait Dottie tout en enroulant une serviette blanche autour d'un couvert.

Maggy haussa les épaules et continua de remplir les sucriers, imperturbable.

– Wally n'a pas des yeux de cochon. Il a un regard adorablement humain. Tu es jalouse, un point c'est tout.

– Jalouse? Ah! le jour où je serai jalouse à cause de ce nabot bigleux... Oh, hello, B.J.!

– Bonjour, Dottie, Maggie. Vous avez mis deux cuillères et un couteau dans cette serviette, Dottie. Les fourchettes ont aussi leur utilité.

Dottie déroula la serviette sous les ricanements de sa compagne.

– Elle est furieuse parce que Wally m'emmène voir un film au drive-in, ce soir!

La remarque de Maggie atteignit B.J. comme elle s'échappait vers la cuisine. Elle referma la porte derrière elle, esquivant ainsi les protestations de Dottie.

Si tout le charme de l'auberge tenait à son atmosphère vieillotte et à son respect des traditions, la cuisine, par contraste, était résolument moderne. L'acier inoxydable y étincelait partout. Devant l'imposante rangée de fourneaux de la vaste pièce, on devinait que les spécialités gastronomiques de l'établissement en constituaient le principal agrément. Placards et étagères à vaisselle se dressaient comme des vétérans au garde-à-vous. Les murs et le plancher recouvert de linoléum étaient d'une propreté impeccable. Un arôme de café frais flottait dans l'air. B.J. se frotta les mains avec satisfaction.

– Bonjour, Elsie, dit-elle à la femme aux formes généreuses qui s'activait sur un long plan de travail.

En guise de réponse, elle reçut un marmonnement inaudible.

– Si vous n'avez pas besoin de moi, je vais aller me promener une heure ou deux, ajouta-t-elle.

– Betty Jackson n'a pas voulu nous envoyer de gelée de mûres.

– Quoi? Pour l'amour du ciel, qu'est-ce qui lui prend? Conners en raffole, et nous venons d'entamer le dernier pot.

Irritée, B.J. déroba un muffin tout chaud dans une panière et entreprit de le dévorer.

– Elle dit que puisque vous ne vous donnez pas la peine de rendre visite à une vieille femme solitaire, elle ne voit pas pourquoi elle nous rendrait ce service, expliqua Elsie.

B.J. s'étrangla sur une bouchée de muffin.

– Une vieille femme solitaire? Sa maison est une véritable agence de presse! Bonté divine, Elsie, il me faut cette gelée. Mais j'étais trop préoccupée, cette semaine, pour prêter l'oreille aux cancans de cette chère vieille Betty.

— C'est l'arrivée du nouveau propriétaire, lundi, qui vous inquiète?

— Je ne suis pas inquiète, rétorqua-t-elle en faisant main basse sur un autre muffin. Mais en tant que directrice de l'hôtel, j'aimerais autant que tout soit en ordre.

— Eddie raconte qu'il vous a vue vous agiter dans votre bureau en grinçant des dents après avoir lu son télégramme.

B.J. ouvrit la porte du réfrigérateur et se versa un verre de jus de pamplemousse.

— Mais non, mais non... Je ne m'agitais pas, dit-elle dans le dos d'Elsie. Taylor Reynolds a parfaitement le droit d'inspecter sa propriété. Seulement... Oh, et puis zut, Elsie. Ce sont toutes ces vagues allusions à propos de modernisation qui m'ont mise hors de moi. Il vaudrait mieux que Taylor Reynolds ne touche pas à *l'Auberge du Lac*. Qu'il se contente de faire joujou avec ses autres hôtels! Nous ne voulons pas être modernisés. Nous sommes très bien comme ça. Tout marche à merveille, et nous n'avons besoin de rien. Ah mais! acheva-t-elle en croisant ses bras sur sa poitrine pour fusiller du regard un Taylor Reynolds imaginaire.

— Si ce n'est de gelée de mûres, insista doucement Elsie.

B.J. tressaillit et revint sur terre.

— Bon, d'accord, annonça-t-elle en se dirigeant vers la porte. Je me dévoue. Mais si Betty Jackson me répète encore une fois qu'Howard Beall est très beau garçon et qu'il ferait un mari idéal, je hurle. Je grimpe sur son canapé, au milieu de ses petits napperons et de ses coussins de tapisserie, et je hurle à la mort!

Laissant cette menace planer lourdement derrière elle, elle sortit sous le soleil et alla enfourcher une vieille bicyclette rouge.

— Un client qui se drogue à la gelée de mûres, marmonna-t-elle en levant les yeux au ciel. Et un nouveau propriétaire qui a la folie des grandeurs...

Elle rejeta ses tresses blondes par-dessus son épaule et se mit à pédaler. Comme elle empruntait le sentier bordé d'érables, son petit accès de mauvaise humeur céda bien vite à son optimisme habituel, et elle admira la beauté de cette matinée de printemps. La vallée s'éveillait à la vie. Des touffes de violettes fragiles et de trèfle rouge étoilaient les collines. Çà et là, une lessive fraîchement étendue s'agitait à la brise. Les montagnes lointaines arboraient encore leurs sommets enneigés, sertis de sombres forêts de sapins et de mélèzes. Dans un mois, leurs sous-bois se couvriraient d'un luxuriant tapis de verdure. Des nuages blancs et légers couraient dans le ciel.

Ayant retrouvé sa bonne humeur, B.J. arriva en ville, les joues roses et le sourire aux lèvres; elle pédala vers la demeure de Betty Jackson en saluant au passage quelques visages familiers. La petite ville de Lakeside était bâtie de vieilles maisons amoureusement entretenues, entourées de coquets jardins, de pelouses nettes, de barrières de bois peint. Pignons et lucarnes étaient typiques de la Nouvelle-Angleterre. Blottie comme un chat douillet au creux de la vallée, bordée de montagnes et de forêts à l'est et de l'étincelant lac Champlain à l'ouest, Lakeside conservait toute la sérénité des siècles passés, loin de l'agitation des grandes villes. Aux yeux de B.J., sa magie restait intacte. Chaque fois qu'elle y pénétrait, elle éprouvait une espèce de gratitude à l'idée que la vie, quelque part, pût être aussi simple et tranquille.

Arrêtant sa bicyclette devant une petite maison aux volets verts, elle poussa la grille et s'apprêta à négocier pour sa réserve de gelée. Betty l'accueillit en tapotant sa permanente grise.

– Tiens, B.J., quelle surprise! Je croyais que vous étiez repartie à New York.

– J'ai eu beaucoup à faire, à l'auberge, répondit-elle d'un ton humble à souhait.

Betty prit son air futé de voyante extra-lucide et hocha doctement la tête.

– Le nouveau propriétaire, je suppose. Il paraît qu'il veut tout remettre à neuf. Mais entrez donc.

Résignée, B.J. prit place dans le petit salon. Elle venait de constater une fois encore que le réseau de renseignements de Betty Jackson était infaillible. Celle-ci cala son ample postérieur sur une bergère encombrée de coussins, en face d'elle, avant d'annoncer :

– Vous savez, Tom Myers est en train d'agrandir sa maison. Il y fait ajouter une autre pièce. Il semble que Loïs attende un nouvel héritier. (La fécondité des Myers lui arracha un petit claquement de langue désapprobateur.) Trois bébés en quatre ans! Mais vous aimez les enfants, n'est-ce pas, B.J.?

– Je les adore, mademoiselle Jackson, opina celle-ci en se demandant comment elle allait aborder le sujet de la gelée.

– Mon neveu Howard les adore aussi.

B.J. rassembla son courage pour ne pas hurler et lui adressa un sourire lumineux.

– Nous avons deux petits jumeaux à l'auberge, en ce moment. C'est fou ce qu'ils peuvent aimer les confitures. Ils ont tout bonnement dévoré vos gelées, poursuivit-elle, ravie de sa manœuvre. Je viens d'entamer mon dernier pot. Personne ne sait faire une gelée comme vous, mademoiselle Jackson; si vous le vouliez, vous pourriez mettre sur la paille plus d'un fabricant.

– Tout est dans le temps de cuisson, se rengorgea Betty.

B.J. sentait approcher la victoire. Elle battit ingénument des paupières.

– C'est simple, sans vous, je serais obligée de fermer l'auberge. M. Conners m'en voudrait à mort si je devais lui servir une quelconque confiture industrielle. Votre gelée de mûres le fait tout bonnement délirer. Il dit que c'est de l'*ambroisie*, ajouta-t-elle en détachant le mot.

Betty hocha la tête avec satisfaction et répéta :

– De l'*ambroisie*, vraiment.

Dix minutes plus tard, B.J. plaçait une caisse de douze pots de gelée sur le porte-bagages de sa bicyclette et s'éloignait en agitant joyeusement la main.

– Je suis venue, j'ai vu, j'ai vaincu, lança-t-elle aux nuages dans une bouffée d'orgueil. Et je n'ai pas hurlé.

– Hé, B.J.!

Elle tourna la tête en entendant son nom, et vit un groupe de gamins qui jouaient au base-ball dans un champ. Elle pédala dans leur direction.

– Quel est le score? demanda-t-elle au premier qui vint à sa rencontre.

– Cinq à quatre. C'est l'équipe de Junior qui gagne. Elle lança un coup d'œil à Junior, un adolescent osseux et dégingandé qui se tenait sur la butte de lancement. Il faisait sauter une balle dans sa main gantée de cuir en souriant de toutes ses dents.

– Ce freluquet? dit-elle d'un ton affectueux. Attendez. Vous allez voir ce que vous allez voir.

Saisissant la casquette du garçon le plus proche, elle se l'enfonça sur la tête et s'avança au milieu du champ. Elle fut bientôt entourée de jeunes visages curieux.

– Vous allez jouer, B.J.?

– Une minute seulement, répondit-elle en soulevant une batte et en la soupesant. Après, il faut que je rentre.

Junior s'approcha, les mains sur les hanches, la dominant d'une bonne tête.

– Vous pariez que je vous élimine en trois balles?

– Tu vas perdre bêtement ton argent.

– Si je vous élimine, insista-t-il en tirant sur une

de ses tresses avec l'audace de ses quinze ans, j'aurai droit à un baiser.

— Retourne sur ta butte, Casanova. Et reviens dans dix ans.

Il alla reprendre sa place d'une démarche traînante, sans s'émouvoir. Maîtrisant son envie de rire, elle le vit froncer les sourcils, hocher la tête, et se ramasser sur lui-même pour lancer. La balle fendit l'air. B.J. projeta sa batte en un violent demi-cercle sans parvenir à intercepter sa trajectoire. La balle atterrit quelque part derrière elle.

— Première balle! annonça le jeune Wilbur Hayes qui jouait le rôle d'arbitre.

Elle lui jeta un regard courroucé, puis reprit sa position sous les encouragements de ses supporters. Junior lui adressa un clin d'œil. Elle lui tira la langue.

La deuxième balle n'arriva pas à la hauteur voulue. Junior avait mal calculé son coup. B.J. se contenta de la regarder tomber.

— Deuxième balle! annonça Wilbur, laconique.

Elle se tourna vers lui, les mains sur les hanches.

— Deuxième balle? Tu plaisantes? Elle était mauvaise. Je vais dire à ta mère qu'il te faut des lunettes.

— Deuxième balle, répéta Wilbur d'un air féroce.

B.J. mâchonna un juron et se remit en position.

— Vous feriez mieux de laisser tomber! lui cria Junior tandis qu'elle rajustait sa casquette. Celle-là, vous n'allez même pas l'effleurer.

— Ah, oui? Regarde bien ta balle, Junior. C'est la dernière fois que tu la vois. Je vais l'envoyer à New York.

Cette fois, la batte rencontra la balle avec un bruit mat. B.J. regarda la petite boule amorcer sa trajectoire de retour, puis rejeta la batte et s'élança autour des bases. Fonçant à toute allure, tête baissée, elle entendit ses supporters lui crier, lui hurler d'arrêter comme elle atteignait la troisième. Quand elle vit la balle atterrir entre les gants du jeune Scott Temple, elle s'écroula enfin sur le sol au milieu d'un nuage de poussière et d'un charivari assourdissant.

— Vous êtes hors-jeu!
— Quoi?

Elle se remit debout tant bien que mal et affronta l'intraitable regard bleu du minuscule Wilbur, nez à nez, les yeux dans les yeux.

— Hors-jeu, espèce de petit tricheur? J'étais dans les temps. J'avais une avance d'un kilomètre.

— Hors-jeu, soutint Wilbur avec une grande dignité.

Ecartant les bras dans un geste impuissant, B.J. s'adressa aux autres joueurs:

— Qu'en pensez-vous? Votre arbitre est myope comme une taupe.

— Vous étiez hors-jeu! dit une voix inconnue.

B.J. se retourna en fronçant les sourcils. Un étranger observait la scène, appuyé contre un poteau, un léger sourire aux lèvres et une lueur de gaîté dans les yeux. Renvoyant en arrière une boucle de cheveux noirs qui lui barrait le front, il se redressa de toute sa taille. Il était mince et grand.

— Vous n'avez pas su vous arrêter à temps, ajouta-t-il.

B.J. se passa le revers de la main sur le nez, y laissant une trace de poussière.

— C'est faux, rétorqua-t-elle. J'avais un kilomètre d'avance.

— Hors-jeu, insista l'impitoyable Wilbur.

Elle lui jeta un regard noir avant de reporter son attention sur l'inconnu. Ce dernier s'étant approché, elle l'étudia avec un mélange d'agacement et de curiosité.

Il avait des traits bien dessinés, aux angles nets, une peau saine et bronzée, et le soleil faisait danser d'imperceptibles reflets roux dans ses cheveux noirs. Il portait un costume brun clair, visiblement coûteux et bien coupé. Son sourire s'élargit devant l'examen de B.J., ce qui ne fit qu'accroître l'espèce d'irritation qu'elle éprouvait envers lui.

— Il faut que je rentre, annonça-t-elle en époussetant son blue-jean. Wilbur, tu peux être sûr que je vais dire à ta mère de t'emmener chez l'ophtalmo.

Avec un dernier regard furieux à l'intention de l'inflexible chérubin, elle enfourcha sa bicyclette.

— Hé, petite !

Elle regarda autour d'elle, et ne put s'empêcher de sourire en constatant que l'homme, trompé par son apparence, l'assimilait aux autres gamins. Maîtrisant son fou-rire, elle le dévisagea avec ce qu'elle espérait être toute l'insolence de la jeunesse.

— Ouais ?
— Où se trouve *l'Auberge du Lac* ?
— Ma mère m'a défendu de parler aux inconnus, m'sieur.
— Elle a parfaitement raison. Mais je ne suis pas en train de t'offrir des bonbons pour t'attirer dans les bois.

B.J. fronça les sourcils, feignant de peser le pour et le contre.

— O.K. L'auberge est par là, fit-elle avec un geste vague. A cinq kilomètres environ. Vous ne pouvez pas la manquer.

Il la dévisagea un moment, plongeant dans ses grands yeux gris, puis secoua la tête.

— Me voilà bien renseigné. Merci.
— Je vous en prie.

Comme il s'éloignait vers une Mercedes gris argent, elle ne put se retenir et lui cria dans le dos :

— Et je n'étais pas hors-jeu ! J'avais un kilomètre d'avance.

Là-dessus, elle rendit la casquette empruntée à son propriétaire et, pédalant comme l'éclair, se dirigea vers *l'Auberge du Lac*, en prenant un raccourci à travers la prairie.

Les quatre étages de briques rouges, avec leur toiture à pignons et leurs volets luisants de peinture neuve, apparurent bientôt. En remontant la grande allée centrale, elle remarqua avec satisfaction que le raccourci lui avait fait précéder la Mercedes d'un bon kilomètre.

Je me demande s'il cherche une chambre, se dit-elle en mettant pied à terre et en poussant la bicyclette devant elle. Un voyageur de commerce? Non, il n'en a pas l'air. S'il a besoin d'une chambre, nous nous ferons un plaisir d'en donner une à monseigneur, même s'il aime se mêler de ce qui ne le regarde pas, et s'il est de mauvaise foi!

— Bonjour! dit-elle en souriant à un couple de jeunes mariés qui traversaient la pelouse.

— Oh, bonjour, mademoiselle Clark! Nous allons nous promener près du lac.

— C'est une excellente idée. Il fait un temps splendide.

Ayant garé sa bicyclette près de l'entrée, B.J. emporta sa caisse de gelée dans le hall de l'auberge. Elle passa derrière le comptoir de la réception, posa la caisse à terre et attrapa le courrier du matin. Y repérant une lettre de sa grand-mère, elle l'ouvrit et se mit à lire, tout heureuse.

— Vous vous déplacez plus vite que moi, on dirait.

Elle redescendit brusquement sur terre. Posant la lettre sur le comptoir, elle leva les yeux et rencontra un regard sombre.

— J'ai pris un raccourci.

La haute taille et l'allure impeccable de l'inconnu la mirent vaguement mal à l'aise. Aussi redressa-t-elle les épaules et le menton avant d'ajouter :

— Puis-je vous être utile?

— J'en doute, à moins que vous ne sachiez où se trouve le directeur.

Cette réponse l'irrita si bien qu'elle dut faire un effort pour ne pas oublier ses fonctions et rester polie.

— Vous avez un problème? Si vous voulez une

chambre, je puis vous en donner une très facilement.

— Soyez mignonne et filez me le chercher, dit-il d'un ton condescendant. Je voudrais lui parler.

Elle le toisa de toute sa hauteur, les bras croisés sur la poitrine.

— Il n'y a pas de directeur, ici, mais une directrice. Et elle est en face de vous.

Il ouvrit des yeux incrédules et l'observa un moment, stupéfait.

— Vous vous occupez de l'auberge après l'école? demanda-t-il enfin, sarcastique.

B.J. rougit de colère.

— Je dirige *l'Auberge du Lac* depuis près de quatre ans. Si vous avez le moindre problème à me soumettre, je suis prête à en discuter avec vous dans mon bureau et si c'est une chambre qu'il vous faut, nous pouvons vous la donner dans l'instant, ajouta-t-elle en montrant le registre du doigt.

— B.J. Clark, c'est donc vous?
— Exact.

Avec un hochement de tête, il sortit son stylo et se mit à remplir le registre.

— Vous comprendrez sans doute mon erreur, s'excusa-t-il tout en écrivant. Mais l'ardeur que vous déployez sur un terrain de base-ball, et votre apparence plutôt juvénile, sont assez trompeuses...

— Ce matin, j'avais quelques heures de liberté, dit-elle sèchement. Et mon « apparence » ne reflète en rien la qualité de nos services. Je suis certaine que vous vous en rendrez compte au cours de votre séjour, monsieur... Monsieur?

Elle fit pivoter le registre afin de jeter un coup d'œil sur le nom de l'inconnu, et son estomac se noua.

— Reynolds, acheva-t-il pour elle en souriant de son étonnement. Taylor Reynolds.

B.J. s'efforça de retrouver ses esprits, non sans mal.

– Nous ne vous attendions pas avant lundi, monsieur Reynolds.

– J'ai changé mes projets, répliqua-t-il en rempochant son stylo.

– Eh bien... Bienvenue à *l'Auberge du Lac*, dit-elle à tout hasard – et elle rejeta nerveusement une tresse en arrière.

– Merci. J'aurai besoin d'un bureau pendant mon séjour. Pouvez-vous vous en occuper?

Maudissant intérieurement la gelée de Betty Jackson, B.J. lui tendit la clé de la meilleure chambre de l'auberge, et fit le tour du comptoir.

– Un bureau? Nous ne disposons malheureusement pas de beaucoup d'espace, monsieur Reynolds. Cependant, si vous ne voyez pas d'inconvénient à partager le mien, je suis certaine qu'il vous conviendra.

– Allons-y. De toute façon, j'avais l'intention de vérifier vos registres.

– Comme il vous plaira, approuva-t-elle en serrant les dents. Veuillez me suivre, je vous prie.

– B.J.! B.J.!

Réprimant un frisson, elle vit Eddie dévaler l'escalier à toute allure en direction de la réception. Ses lunettes avaient glissé sur le bout de son nez, ses cheveux châtains flottaient autour de ses oreilles.

– B.J., répéta-t-il, hors d'haleine, la télé de Mme Pierce-Lowell vient de tomber en panne au milieu des dessins animés.

– Oh, zut! Portez-lui la mienne, et téléphonez à Max pour la réparation.

– Max est absent pour le week-end!

– Tant pis, nous survivrons, dit-elle en l'encourageant d'une tape sur l'épaule. Faites-moi une petite note pour que je n'oublie pas d'appeler Max lundi. Et allez vite porter ma télé à Mme Pierce-Lowell avant qu'elle ne rate son Tom et Jerry.

Comme Eddie s'éloignait sous le regard pénétrant

du nouveau propriétaire, elle crut bon d'expliquer :

— Je suis désolée, Eddie a tendance à dramatiser les choses. Mme Pierce-Lowell ne manquerait pour rien au monde son programme de dessins animés, le samedi matin. C'est une de nos fidèles habituées, et nous nous efforçons toujours de satisfaire notre clientèle.

— Je vois, répondit-il sans se compromettre.

B.J. l'entraîna rapidement vers son bureau. Il inspecta les lieux du regard, détaillant les fichiers, les classeurs, le tableau de service suspendu au mur.

— C'est plutôt exigu, dit-elle, mais nous pourrons vous y installer confortablement si vous ne restez que quelques jours...

— Deux semaines, déclara-t-il avec fermeté.

Il traversa la pièce et s'empara d'un coupe-papier de bronze en forme de tortue, pour l'examiner de plus près.

— Deux... semaines ? répéta-t-elle d'un ton si alarmé qu'il releva la tête.

— Mais oui, mademoiselle Clark. Cela vous dérange ?

Incapable de soutenir son regard, elle balbutia :

— Oh, non ! pas du tout.

Il vint se percher sur le rebord de son bureau et inclina son visage vers elle, presque à la toucher.

— Est-ce que vous jouez toujours au base-ball le samedi matin, mademoiselle Clark ?

— Certainement pas, répondit-elle d'un air digne. Il se trouve que je passais par là, et...

— En tout cas, vous vous défendez comme un champion, l'interrompit-il. Vous portez encore les marques du combat.

Il lui passa un doigt sur la joue pour lui montrer une trace de poussière. Un peu choquée, elle recula, se demandant pourquoi ce geste accélérait les battements de son cœur.

— J'aimerais savoir si vous dirigez l'auberge avec

autant de zèle que sur un terrain de base-ball, poursuivit-il en la dévisageant d'un regard intense. Nous vérifierons vos registres cet après-midi.

B.J. se raidit.

– Je peux vous affirmer que tout est en ordre. L'auberge marche à merveille, et comme vous le savez, sans doute, les bénéfices sont appréciables.

– Avec quelques améliorations, on pourrait en tirer bien davantage.

– Quelques améliorations? répéta-t-elle avec appréhension. De quelle nature, exactement?

– J'ai besoin de reconnaître un peu les environs avant de prendre des décisions concrètes. Mais l'endroit me paraît idéal pour un club de vacances. (Il regarda à travers la fenêtre d'un air absent.) Piscine, courts de tennis, sauna... rénovation des bâtiments eux-mêmes.

– Les bâtiments sont très bien comme ça, déclara-t-elle en se rapprochant, furieuse. Notre clientèle n'est pas celle d'un club de vacances, monsieur Reynolds. Nous sommes une auberge, avec tout ce que cela implique de tradition, d'accueil et de chaleur humaine. Des repas de type familial, des chambres confortables et une atmosphère paisible, voilà ce qu'aiment retrouver nos habitués.

– Quelques pôles d'attraction modernes attireraient davantage de clientèle, répliqua-t-il froidement. Surtout avec la proximité du lac Champlain.

Le caractère soupe au lait de B.J. déborda. Elle s'enflamma d'un coup.

– Gardez vos saunas et vos boîtes à disco pour vos autres propriétés. Ici, vous êtes à Lakeside, dans le Vermont. Pas à Los Angeles. Mon auberge peut se passer de chirurgie esthétique.

– Votre auberge, mademoiselle Clark? fit-il avec un haussement de sourcils.

– Exactement, monsieur Reynolds, répliqua-t-elle. Vous en êtes peut-être le véritable propriétaire, mais moi, je connais bien cet établissement. Et je sais que nos clients y reviennent année après année, justement à cause de ce petit côté suranné! Et ça, je ne vous permettrai pas d'y toucher.

Il se dressa devant elle, la dominant de toute sa haute taille, un sourire glacial aux lèvres.

— Mademoiselle Clark, si j'avais envie de démolir cette auberge brique après brique, rien ne m'en empêcherait. Les modifications que je déciderai de lui faire subir dépendront de moi, et de moi seul. Votre rôle de directrice ne vous donne aucun autre droit que celui d'exécuter mes ordres.

Incapable d'y résister, B.J. lui jeta :

— Et vous, votre damné rôle de propriétaire vous aveugle au point de vous rendre imperméable aux évidences les plus élémentaires!

Et elle s'élança hors de la pièce, suivie par l'envolée triomphale de ses tresses.

Chapitre deux

B.J. claqua la porte de sa chambre avec emportement. Quel snob antipathique et arrogant, se dit-elle. Et d'abord, de quoi se mêle-t-il? Pourquoi ne va-t-il pas jouer au Monopoly ailleurs, avec la centaine d'hôtels qu'il possède aux Etats-Unis... sans compter tous ces clubs élégants en Europe? Et dire que le propriétaire de la célébrissime chaîne Reynolds m'a choisie entre toutes pour mettre son vilain nez dans les affaires de l'auberge! Qu'attend-il pour en ouvrir une dans l'Antarctique?

S'apercevant dans le miroir, elle se figea sur place, incrédule: son visage, son sweat-shirt, son jean étaient maculés de poussière et ses tresses pendouillaient lamentablement. Tout bien pesé, je ressemble à l'idiote du village, apprécia-t-elle. Age mental, dix ans... La trace qu'avait laissée le doigt de Taylor Reynolds sur sa joue était encore visible, et elle y porta la main à son tour, frissonnant au souvenir de ce contact.

– Oh, et puis zut! s'exclama-t-elle. J'ai décidément l'art de tout gâcher. Je commence par me comporter en souillon mal élevée, et pour couronner le tout, je me mets en colère.

Elle dénoua rapidement ses cheveux, puis se débarrassa de ses vêtements et fila sous la douche. Mais je ne lui donnerai pas la satisfaction de me flanquer à la porte, se jura-t-elle farouchement. Je démissionnerai avant. Je n'ai pas l'intention de le regarder mutiler mon auberge!

Une demi-heure plus tard, elle étudiait son nouveau reflet avec indulgence. Ses cheveux retombaient maintenant en boucles soyeuses sur ses épaules et elle portait une robe couleur ivoire, serrée à la taille par une ceinture écarlate assortie aux minuscules rubis qui étincelaient à ses oreilles. Ses hauts talons mettaient sa silhouette en valeur. A présent, elle en était sûre, personne ne la prendrait plus pour une adolescente débraillée. Saisissant, sur sa commode, la lettre de démission qu'impulsivement elle venait d'écrire, elle sortit de sa chambre d'un pas décidé, prête à affronter le tigre dans son repaire.

Après avoir frappé un coup bref à la porte, elle la poussa et s'avança avec une lenteur délibérée vers l'homme assis derrière son bureau. Elle lui posa la lettre sous le nez, attendit qu'il lève la tête et soutint le regard de ses yeux bruns.

— Ah! fit-il, vous êtes aussi B.J. Clark, je suppose. Pour une métamorphose, c'est une métamorphose. (Il se renversa sur sa chaise et l'étudia de bas en haut, sourire aux lèvres.) Etonnant, ce qui peut se cacher sous un sweat-shirt et un vieux jean... Qu'est-ce que c'est que ça? ajouta-t-il en agitant mollement la lettre.

— Ma lettre de démission.

S'appuyant des deux mains sur le bureau, B.J. se pencha en avant.

— Et maintenant que je ne suis plus votre employée, monsieur Reynolds, je vais avoir le plaisir de vous dire ce que je pense de vous. Vous êtes, poursuivit-elle sans se soucier de son haussement de sourcils, un exploiteur, un opportuniste et un rapace. Vous avez fait main basse sur une auberge qui conserve depuis des générations une réputation de qualité et de raffinement, mais, pour « gratter » quelques dollars, vous avez l'intention de la transformer en parc d'attractions. En agissant ainsi, vous assisterez non seulement au départ d'une bonne partie du personnel — dont certains membres travaillent ici depuis plus de vingt ans — mais vous réussirez également à détruire tout le charme de l'environnement. Nous sommes une communauté paisible. Les gens viennent chez nous pour respirer l'air pur et y trouver la tranquillité, pas pour se démener sur un court de tennis ou transpirer dans un sauna...

— Avez-vous fini, mademoiselle Clark? interrompit Taylor d'un ton menaçant.

— Non.

Rassemblant son courage, elle redressa les épaules et le fusilla du regard une dernière fois.

— Encore un mot: allez vous faire pendre!

Elle pivota sur ses talons et se dirigea vers la sortie. Mais il fut debout en un éclair, la rattrapa par le bras et l'obligea à faire volte-face, le dos contre la porte. Puis il se pencha vers elle, les deux mains appuyées au chambranle, la retenant prisonnière.

— Mademoiselle Clark, dit-il, je vous ai permis de vous soulager pour deux raisons. D'abord, parce que vous êtes fabuleuse quand vous vous mettez en colère. J'avais déjà remarqué cela lors de notre première rencontre, quand je vous ai prise pour une petite chipie. Je crois que ça a quelque chose à voir avec vos yeux, qui passent tout d'un coup de la brume aux éclairs. Très impressionnant! Mais tout ceci reste strictement personnel, précisa-t-il comme elle le regardait, ahurie. Maintenant, pour en venir à des considérations d'ordre plus professionnel, sachez que je suis sensible à vos opinions, même si votre façon de les exprimer laisse à désirer.

La porte s'ouvrit brusquement, catapultant B.J. contre sa poitrine.

— On a retrouvé le déjeuner de Julius! annonça joyeusement Eddie avant de disparaître.

— Votre personnel est très spontané, soupira Taylor en la retenant pour l'empêcher de tomber. Qui diable est ce Julius?

— C'est un énorme chien danois qui appartient à Mme Frank. Elle... elle ne s'en sépare jamais.

— A-t-il sa chambre personnelle ? demanda-t-il d'un ton moqueur.

— Non. Il loge derrière les cuisines.

Le visage de Taylor, tout proche, s'éclaira soudain d'un sourire. Ce sourire fit à B.J. l'effet d'une décharge électrique, et il lui sembla qu'une onde puissante se propageait à travers ses veines. Elle tressaillit et se dégagea.

— Monsieur Reynolds...

— Taisez-vous donc, mademoiselle Clark, l'interrompit-il. C'est moi qui parle.

Il l'entraîna par la main et l'obligea à s'asseoir, avant de reprendre sa place derrière le bureau. Elle ne put que le regarder, partagée entre la suffocation et la colère.

— Ainsi que je vous l'ai dit, ce qu'il adviendra de cette auberge dépend uniquement de moi. Mais je ne puis négliger votre opinion, car vous connaissez bien l'établissement et son environnement; et je ne le connais pas encore.

Il saisit la lettre de démission de B.J. et la déchira en petits morceaux qu'il jeta dans la corbeille à papiers.

— Vous n'avez pas le droit de faire ça, bégaya-t-elle.

— Eh bien, je le prends, répondit-il paisiblement.

Un éclair passa dans les yeux de B.J.

— Je peux toujours en écrire une autre.

— Je vous conseille d'économiser votre papier. Je n'ai pas l'intention d'accepter votre démission pour le moment. Plus tard, si je change d'avis, je vous le ferai savoir. Cependant, ajouta-t-il en haussant les épaules, si vous maintenez votre décision, je serai forcé de fermer l'auberge pendant les mois à venir, jusqu'à ce que je vous ai trouvé un remplaçant.

Il regardait le plafond, apparemment perdu dans ses pensées.

— Six mois, peut-être... murmura-t-il.

— C'est impossible, voyons ! Nous avons des réservations. La saison d'été approche. Vous n'allez pas décevoir tous ces gens. Et le personnel... le personnel serait au chômage.

— Exact, acquiesça-t-il avec un candide sourire, tout en croisant les mains sur le bureau.

B.J. écarquilla les yeux.

— Alors... c'est du chantage!

— Je crois que le terme est tout à fait approprié. (Il semblait s'amuser de plus en plus.) Vous comprenez vite, mademoiselle Clark.

— Vous plaisantez. Vous... n'iriez tout de même pas jusqu'à fermer l'auberge uniquement parce que je m'en vais.

Il reprit son sérieux, ses yeux devinrent indéchiffrables.

— Vous ne me connaissez pas assez pour en être tout à fait sûre, n'est-ce pas? Allez-vous tenter le pari?

Le silence régna un instant dans la pièce, tous deux se mesurant du regard.

— Non, admit finalement B.J. Non. Je ne le peux pas, et vous le savez bien! Même si je ne comprends pas très bien ce qui m'en empêche.

— Ne cherchez pas à comprendre, coupa-t-il, impérieux.

B.J. se maîtrisa au prix d'un effort et poussa un soupir.

— Monsieur Reynolds, commença-t-elle d'un ton mesuré, je ne saisis pas pourquoi vous tenez tant à ce que je dirige cette auberge, mais...

— Quel âge avez-vous, mademoiselle Clark? coupa-t-il de nouveau.

— Qu'est-ce que...?

— Vingt ans, vingt et un ans?

— Vingt-quatre, corrigea-t-elle. Mais je ne vois pas le rapport.

— Vingt-quatre, répéta-t-il d'un air songeur. Chronologiquement, j'ai huit ans de plus que vous, et professionnellement bien davantage. J'ai dû ouvrir mon premier hôtel quand vous étiez encore la coqueluche du lycée de Lakeside.

— Je n'ai jamais été la coqueluche du lycée de Lakeside!

— Peu importe, l'arithmétique reste la même. La raison pour laquelle je désire que vous conserviez vos fonctions est toute simple. Vous connaissez bien le personnel, la clientèle, les fournisseurs, etc. Votre expérience me sera utile pendant mon séjour.

— Entendu, monsieur. Mais il faut que vous sachiez que vous n'obtiendrez aucune coopération de ma part pour toute innovation qui pourrait affecter le caractère de l'auberge. A vrai dire, je ferai même mon possible pour vous mettre des bâtons dans les roues.

Elle crut déceler une lueur amusée chez son interlocuteur.

— Je suis sûr que vous avez tous les talents dans ce domaine, dit-il. Et maintenant que nous avons mis les choses au point, j'aimerais faire le tour du propriétaire et voir un peu comment vous vous occupez de tout ça. Deux semaines devraient me suffire pour être au courant.

— Vous ne pourrez jamais comprendre tout ce que nous y avons apporté en si peu de temps!

— Oh! en général, je me fais une opinion assez rapidement. A plus forte raison quand quelque chose m'appartient. (Il se leva en souriant.) Si vous voulez que l'auberge reste telle qu'elle est, démenez-vous, accrochez-vous, et faites valoir vos arguments. Allons, en route, ajouta-t-il en la tirant par le bras pour la mettre debout.

A contrecœur, B.J. lui servit de guide, ne lui épargnant aucun détail concernant l'office, le stockage des denrées alimentaires, des produits d'entretien. Pas un placard à balais n'échappa à leur inspection. Pendant ce temps, il la tenait toujours fermement par le bras comme pour lui rappeler son autorité. Ce contact, le parfum musqué, typiquement masculin, qui émanait de lui, la troublaient profondément. Sa voix était belle et profonde, et à plusieurs reprises, elle se surprit à en écouter la musique plutôt que les mots. Irritée, elle s'efforça de se montrer aussi froide et impersonnelle que possible.

Ce serait tellement plus facile s'il était petit, chauve, et affligé d'une bonne brioche, se disait-elle. Ou encore, s'il avait une verrue sur le nez et un double menton. Mais être obligée de se battre contre un homme tel que celui-là, c'est injuste, vraiment.

– Vous êtes toujours là, mademoiselle Clark?
– ... Oh, pardon!

Elle s'ébroua, tout en le maudissant intérieurement de posséder des yeux si profonds, si magnétiques.

– Je pensais que vous deviez avoir faim, improvisa-t-elle. Vous aimeriez peut-être déjeuner.
– En effet.

Elle le conduisit vers la salle à manger, une vaste salle rustique, au plafond traversé de poutres apparentes et aux murs tapissés d'un papier délicatement fané. Il s'en dégageait un charme désuet. Çà et là étaient disposés des étains, des porcelaines anciennes, et l'argent des couverts étincelait sur les nappes blanches. Au fond, adossée à un mur de pierre brute, une cheminée, dont les chenets de cuivre poli et des brassées de fleurs fraîches masquaient l'âtre vide... L'air résonnait du brouhaha des conversations, une bonne odeur de pain chaud filtrait de la cuisine. Taylor étudia ce décor en silence, enregistrant chaque détail.

– Pas mal du tout, laissa-t-il tomber.

Un homme corpulent s'arrêta près d'eux, se tourna vers B.J. et la salua cérémonieusement.

– Allons! Qu'une bonne digestion seconde l'appétit, et que la santé suive, lui dit-il.
– Plaît-il à Votre Altesse de s'asseoir? (1) enchaîna-t-elle sans hésiter.

(1) (Macbeth, acte III, scène IV).

L'homme gloussa, les yeux pétillants. Il s'inclina de nouveau, puis se dirigea vers sa table d'une démarche royale.

— Du Shakespeare, à l'heure du déjeuner? s'étonna Taylor.

B.J. ne put s'empêcher de rire, tout antagonisme momentanément balayé.

— C'est M. Leander. Il séjourne à l'auberge deux fois par an depuis une dizaine d'années. Autrefois, il faisait partie d'une troupe théâtrale. Il adore me lancer une réplique de temps à autre.

— Et vous n'êtes jamais prise au dépourvu?

— Dieu merci, j'ai toujours aimé Shakespeare. Mais pour plus de sécurité, chaque fois qu'il nous annonce sa venue, je révise un peu mes classiques.

— Cela fait partie du service, sans doute? demanda Taylor en inclinant la tête de côté comme pour l'étudier sous un angle nouveau.

— Mais bien sûr, du moins il me semble.

B.J. scruta prudemment la salle à manger afin de repérer les redoutables et calamiteux jumeaux Dobson, puis entraîna Taylor vers une table située aussi loin que possible de la leur.

— B.J.!

Dottie se matérialisa devant elle. Ses yeux se posèrent sur Taylor Reynolds, brillants de curiosité et de coquetterie:

— Wilbur Hayes vient de livrer les œufs, déclara-t-elle. Ils sont encore minuscules. Elsie menace de faire un malheur.

— D'accord, j'y vais. Veuillez m'excuser, monsieur Reynolds. Dottie va s'occuper de vous. Si vous avez à vous plaindre de quoi que ce soit, envoyez-moi chercher. En attendant, bon appétit.

Elle se précipita vers la cuisine en remerciant le ciel de cette diversion.

— A nous deux, Wilbur! s'écria-t-elle avec une joie sournoise en refermant la porte derrière elle. Cette fois, je vous tiens!

Tout l'après-midi des tâches diverses l'absorbèrent, qu'il fallut résoudre avec doigté et diplomatie. Entre autres, débattre avec les jumeaux Dobson de l'impossibilité d'élever des grenouilles dans leur baignoire; réconforter une jeune femme de chambre qui pleurait dans le linge frais à cause de sa rupture avec son petit ami. Apaisant les uns, stimulant les autres, semant directives et conseils, elle ne cessait pourtant de penser à Taylor Reynolds. Bien qu'il fût facile de l'éviter physiquement, sa présence semblait la suivre partout, la narguer. Que fait-il en ce moment, où est-il, se demandait-elle avec une bouffée de ressentiment. Dans mon bureau, probablement, en train de loucher sur mes registres à travers un microscope. Ou alors, il cherche à quel endroit installer son stupide court de tennis. A moins qu'il ne vienne de décider de construire une grotte de béton au beau milieu de la pelouse.

A l'heure du dîner, B.J. choisit de ne pas approcher de la salle à manger, voulant profiter de quelques heures de solitude. Quand elle descendit au salon, il était déjà tard. Le trio de musiciens que l'auberge engageait pour distraire les convives du samedi soir avait plié bagage et la musique avait cédé la place au tintement des verres et aux chuchotis d'une poignée d'insomniaques. C'était l'heure tranquille de la soirée, juste avant le silence. Mais B.J. pensait toujours à Taylor...

J'ai deux semaines pour lui faire entendre raison, songea-t-elle tout en souhaitant distraitement bonne nuit aux derniers clients qui montaient dans leurs chambres. Même s'il est vraiment hostile, cela devrait être possible. Mais je m'y suis mal prise. Demain, je teste un nouveau style de guérilla. Plus de mauvaise humeur, plus de crise de rage. Opération charme : sourire, douceur, suavité...

Elle décida d'étrenner son arme secrète sur l'occupant de la chambre deux cent vingt-quatre, un homme ventripotent d'un certain âge dont la réaction enthousiaste lui redonna instantanément confiance. Oui, conclut-elle, un sourire vaut mieux qu'un coup de griffe! Un peu de persévérance et je vaincrai l'ennemi sans même que la guerre soit déclarée. Réconfortée, elle s'approcha du barman qui essuyait paresseusement son comptoir.

– Rentrez chez vous, Don. Je finirai à votre place.

– Merci, B.J.

Il laissa tomber son chiffon sans se faire prier et disparut.

Après avoir allumé la télévision du bar pour avoir un peu de bruit ambiant, elle se mit à ramasser les verres et à vider les cendriers. Autour d'elle, l'auberge sombrait dans le sommeil, en un concert de petits craquements familiers, à peine audibles. A présent, la journée finie, B.J. trouvait enfin la paix qu'elle attendait...

Une musique étrange provenait de la télévision, baignant en sourdine la pièce à demi obscure. B.J. leva les yeux, un instant hypnotisée par un vieux film d'horreur. Otant ses chaussures, elle se hissa sur un tabouret. Elle connaissait le film par cœur, mais ne demandait qu'à s'y laisser prendre encore. Alors qu'une lune glauque, auréolée de nuages sinistres, s'attardait sur les tourelles sombres d'un château délabré, elle tendit machinalement la main vers une soucoupe de cacahuètes et la posa sur ses genoux. Le brouillard s'éclaircit peu à peu. On entendit un bruissement dans le feuillage, suivi d'un halètement sourd. Le monstre allait surgir. Etouffant un gémissement, B.J. se cacha les yeux.

– Vous y verriez mieux en ôtant votre main.

Cette voix désincarnée surgissant dans le noir lui fit pousser un cri et projeter autour d'elle un jaillissement de cacahuètes.

– Ne faites plus jamais ça! s'exclama-t-elle en mitraillant du regard le visage narquois de Taylor.

Il s'approcha, prit place à ses côtés.

— Désolé. Pourquoi laissez-vous la télévision allumée si vous ne voulez rien voir?

— Je ne peux pas m'en empêcher, c'est plus fort que moi. Tenez, faites attention à ce passage, dit-elle en l'agrippant par la manche. L'héroïne va sortir comme une idiote. Vous trouvez ça logique, vous? Est-ce que quelqu'un qui possède un atome de matière grise s'aventurerait dehors, dans le noir, après avoir entendu gratter à sa fenêtre? Bien sûr que non, répondit-elle pour lui. N'importe qui irait se cacher sous son lit en attendant que ça se passe. Oh! (Elle enfouit instinctivement sa tête contre sa poitrine. Le visage distordu du monstre venait d'apparaître en gros plan.) C'est horrible, je ne veux pas voir ça. Dites-moi quand ce sera fini.

Peu à peu, elle prit conscience de la situation, en entendant battre le cœur de Taylor tout contre son oreille. Il lui caressait doucement les cheveux, d'un geste apaisant, comme on réconforte un enfant. Elle se raidit et tenta de se dégager, mais il la retint d'une main ferme.

— Non, attendez, il n'est pas encore parti. Voilà, conclut-il en la relâchant. Vous êtes sauvée par la publicité.

Une fois libre, B.J. se laissa glisser au bas de son tabouret.

— Je... je dois vous prier de m'excuser pour cet après-midi, monsieur Reynolds, dit-elle d'une voix mal assurée. Je n'ai pas eu une minute pour vous faire visiter le reste de l'établissement.

Afin de dissimuler sa gêne, elle se mit à quatre pattes pour rassembler les cacahuètes éparses. Un rideau de cheveux blonds lui masquait le visage.

— C'est sans importance. Je me suis promené tout seul, comme un grand. J'ai même réussi à arrêter Eddie en pleine course. C'est un jeune homme très nerveux.

— Eddie sera un directeur d'hôtel parfait dans deux ans, affirma-t-elle en se relevant. Il lui manque seulement un peu d'expérience.

— J'en suis convaincu. J'ai aussi rencontré quelques-uns des vieux clients de l'hôtel. Tout le monde semble très attaché à B.J.

Il franchit la distance qui les séparait, lui releva une mèche de cheveux.

— Dites-moi, qu'est-ce que cela signifie?
— Hein?

Un peu abasourdie, les joues roses, elle avait encore du mal à se concentrer.

— B.J., qu'est-ce que cela signifie? répéta-t-il en souriant.

— Oh! (Elle lui rendit son sourire, mais recula prudemment.) C'est un secret très bien gardé. Ma mère, elle même, ne le sait pas.

Derrière elle, l'héroïne poussa un cri perçant. B.J. se jeta dans les bras de Taylor, éparpillant de nouveau les cacahuètes. Quelques secondes plus tard, elle releva la tête et voulut reculer.

— Excusez-moi, dit-elle, mortifiée. Je suis stupide.
— C'est la troisième fois que vous êtes dans mes bras, aujourd'hui. Ce coup-ci, je vous garde. J'ai envie de connaître le goût de vos lèvres.

Avant qu'elle ait eu le temps de protester, la bouche de Taylor se posa sur la sienne, à la fois ferme et possessive. Il resserra son bras autour de sa taille pour l'attirer contre lui. Du bout de la langue, il força ses lèvres à s'entr'ouvrir, les taquinant, s'attardant, savourant leur douceur; puis son baiser s'intensifia au point qu'elle faillit perdre l'équilibre et dut se raccrocher à lui. Elle tenta de se persuader que la soudaine accélération des battements de son cœur était une réaction au film d'horreur, que son étourdissement venait du fait qu'elle n'avait pas dîné. Mais bientôt, elle ne tricha plus et se contenta de céder au flux qui l'emportait.

— Mmmm, plutôt agréable, murmura Taylor en remontant effleurer sa pommette d'un baiser. Une saveur de fraise, on dirait... Si nous recommencions?

Elle tenta instinctivement de le repousser, plaquant les mains sur sa poitrine. Traitons la chose avec légèreté, se dit-elle en priant le ciel pour cesser de trembler.

— J'ai bien peur de ne pas avoir trente-six saveurs à vous offrir, monsieur Reynolds, et...

— Taylor, interrompit-il en souriant. Ce matin, dans votre bureau, j'ai décidé que nous allions devenir très intimes, vous et moi.

— Monsieur Reynolds...

— Taylor, insista-t-il, une lueur d'autorité dans le regard. Mes décisions sont sans appel.

Elle capitula.

— Taylor, — puisque vous y tenez — Taylor, est-ce que vous vous livrez à ce genre de débordements avec toutes les directrices de vos hôtels?

Elle qui avait espéré être mordante fut déçue de le voir rejeter la tête en arrière et éclater de rire.

— B.J., ce genre d'activité n'a rien à voir avec vos fonctions. Je viens tout simplement de succomber à ma faiblesse pour les petites filles qui portent des nattes.

— Ne vous avisez plus jamais de m'embrasser! ordonna-t-elle en se dégageant avec une force si soudaine qu'il fut obligé de la laisser aller.

— Il va falloir choisir entre la soumission et la provocation, B.J. Quel que soit le jeu que nous jouerons, c'est moi qui serai le vainqueur, et vous ne l'ignorez pas. Pourtant, la partie serait plus facile si vous en suiviez les règles.

Il avait parlé d'une voix calme, mais la colère assombrissait son regard.

— Je n'ai pas l'intention de jouer à quoi que ce soit, rétorqua-t-elle. Et je ne suis ni soumise ni provocante.

Il enfouit ses mains dans ses poches et la contempla un instant, songeur. Puis une expression amusée effleura ses traits.

— Vous êtes un mélange des deux, murmura-t-il enfin. C'est ce qui vous rend si excitante. Mais vous devez le savoir aussi bien que moi, pour faire preuve d'une telle habileté.

B.J. s'avança d'un pas.

– Il y a une chose que je sais : c'est que vous ne m'intéressez pas. Absolument pas. Mon seul objectif est de vous empêcher de défigurer l'auberge. (Elle crispa les poings.) Retournez donc vous amuser à New York, et fichez-nous la paix, pour l'amour du ciel!

Il ouvrit la bouche pour répondre, mais elle avait déjà tourné les talons et s'élançait hors de la pièce. Elle disparut dans l'obscurité sans un regard en arrière.

Chapitre trois

B.J. décida que si elle s'était comportée en midinette éblouie, la veille, la faute en incombait entièrement à Taylor Reynolds. Terminé, tout ça, se dit-elle en enfilant un blazer gris sur un chemisier de soie blanche : à partir d'aujourd'hui je saurai me montrer efficace mais distante. Elle tressaillit néanmoins en se rappelant le pitoyable tremblement de sa voix quand elle avait ordonné à Taylor de ne plus jamais l'embrasser. Pourquoi n'ai-je pas plutôt trouvé quelque chose de cinglant et de sophistiqué à lui lancer? demanda-t-elle à son miroir avec un froncement de sourcils. Pourquoi suffit-il d'un seul baiser pour me paralyser?

Elle tira ses cheveux en un petit chignon net et bien serré sur la nuque, tout en suivant le fil de ses pensées. Par son baiser, Taylor Reynolds avait joué sur l'effet de surprise. Voilà pourquoi elle avait réagi si violemment! Mais à chaque évocation de ses lèvres, de son odeur, de son souffle tiède effleurant sa joue, ses genoux tremblaient un peu. Elle secoua la tête pour s'éclaircir les idées. Mais la sensation restait vivace, sans doute à cause de son côté improvisé, un peu comme s'attarde le souvenir douloureux d'une piqûre ou d'une chute brutale.

Mais ce qui importait à présent, c'était de ne jamais oublier que sous une apparence de play-boy prévenant, Taylor Reynolds était l'âpre propriétaire qui tenait le destin de *l'Auberge du Lac* entre ses mains.

– Et drôlement rusé, avec ça, marmonna-t-elle au

rappel de sa menace de fermer l'établissement si elle donnait sa démission. C'était du pur chantage aux sentiments. Il avait tous les atouts en main, et la regardait, goguenard, gigoter au bout de sa ligne, en attendant le moment où elle crierait grâce... Mais nous n'en sommes pas encore là, décida-t-elle. Moi aussi, je sais jouer au poker, Taylor Reynolds! Et mieux que vous ne le croyez. Après avoir essayé divers types de sourire devant la glace – poli, condescendant, absent – elle quitta sa chambre d'un pied léger.

Le dimanche matin, l'auberge était généralement tranquille. Les clients dormaient tard, et prenaient leur petit déjeuner par groupes irréguliers. D'habitude B.J. s'enfermait dans son bureau pour écrire quelques lettres, régler des factures et passer des commandes.

Avant d'affronter ses livres de comptes et la pile de courrier qui l'attendait, elle pénétra dans la cuisine avec l'intention d'avaler en hâte une tasse de café.

– C'est la providence qui vous envoie! s'exclama la voix de Taylor Reynolds. J'ai horreur de déjeuner tout seul.

Elle bondissait vers la porte, mais déjà, il l'avait prise par le bras et l'entraînait dans la salle à manger. Elle retint de justesse quelques solides jurons, mais se laissa guider vers une table et s'installa docilement en face de lui.

– Quelle délicieuse invitation! minauda-t-elle en lui adressant un sourire affable. J'espère que vous avez bien dormi.

– Comme l'affirment vos dépliants publicitaires, l'auberge offre des nuits paisibles.

– Notre publicité repose entièrement sur des faits, monsieur Reynolds. J'espère que vous les découvrirez très vite.

Elle s'efforçait de garder un ton indifférent et léger, mais leur discussion animée de la veille, dans son bureau, et leur rencontre plus intime encore, au bar, la hantaient toujours. Elle avait du mal à les chasser de son esprit.

– Jusqu'ici, je ne trouve rien à redire, admit-il.

Maggie vint rôder autour de leur table, l'œil vague et le sourire idiot. Elle rêve encore à son rendez-vous d'hier soir avec Wally, songea B.J.

– Des toasts et du café, Maggie, pria-t-elle aimablement.

La jeune femme émergea de sa torpeur et écrivit quelque chose sur son carnet, les joues écarlates. En la regardant s'éloigner, Taylor déclara :

– Vous savez, vous vous acquittez de vos fonctions de façon remarquable.

B.J. eut un petit pincement d'orgueil qu'elle réprima aussitôt.

– Qu'est-ce qui vous fait dire cela?

– Non seulement vos comptes sont parfaitement tenus, mais vous connaissez bien votre personnel et vous le dirigez avec une habileté discrète. Le regard que vous venez de lancer à Maggie en disait davantage qu'un long discours!

– Comprendre le personnel et ses petits problèmes n'est pas bien difficile, déclara-t-elle avec bonne humeur. Voyez-vous, il se trouve que je sais ce qui préoccupe Maggie. Elle pense encore au film qu'elle et son petit ami Wally... n'ont pas dû beaucoup regarder hier soir!

Le sourire de Taylor étincela, bref et juvénile.

– Le personnel de l'auberge est une vraie famille, poursuivit B.J. Les clients le sentent bien. Ils apprécient cette simplicité bon enfant, mais qui accompagne un service impeccable.

Maggie leur apporta leur petit déjeuner et disparut. B.J. se surprit à observer les belles mains de Taylor, ses longs doigts qui étalaient la gelée de Betty Jackson sur un toast. Ces doigts qui avaient caressé ses cheveux...

– Avez-vous quelque raison morale de détester les clubs de vacances, B.J.?

Elle tressaillit.

— Non... Bien sûr que non. Je n'ai rien contre les clubs, quand ils sont bien dirigés. Mais leur fonction est entièrement différente de la nôtre. Dans ce genre d'endroit, toutes les activités sont programmées à la minute près. Ici, nous sommes plus détendus. On peut aller pêcher, faire du bateau ou du ski nautique, mais nous sommes surtout réputés pour notre cuisine. *L'Auberge du Lac* est parfaite telle qu'elle est, je vous assure, conclut-elle un peu plus sèchement qu'elle ne l'aurait voulu.

Taylor haussa les sourcils au point que ceux-ci rencontrèrent presque la racine de ses cheveux.

— Vraiment?

B.J. décela une trace d'irritation dans son regard. Elle baissa les yeux sur sa tasse de café, comme si le liquide noir et brûlant la fascinait.

— L'aube aux yeux gris couvre de son sourire la nuit grimaçante...

La citation la fit vivement lever la tête, et le visage de M. Leander apparut, souriant, guettant sa réponse. Elle fouilla sa mémoire et répliqua :

— Et diapre de lignes lumineuses les nuées d'Orient. (1)

Dieu merci, j'ai lu *Roméo et Juliette* une bonne dizaine de fois, songea-t-elle tandis que M. Leander s'éloignait en sautillant joyeusement vers sa table.

— Un de ces jours, il va réussir à vous coincer, intervint Taylor. Vous aurez un trou de mémoire.

— Oh! la vie est une succession de risques. Quand un défi se présente, on doit toujours le relever.

Il se pencha pour saisir une mèche de ses cheveux blonds et la lui ramener derrière l'oreille. Surprise, elle sursauta.

— Je parierais que vous êtes sincère, dit-il. Cela promet d'être intéressant. Encore un peu de café?

Elle refusa d'un signe de tête et se leva. Décidément, cet homme la déconcerterait toujours...

— Excusez-moi, mon travail m'attend.

---

(1) (Roméo et Juliette. Acte II. Scène III).

Le soleil déversait un flot de lumière à travers les fenêtres, criblant les parquets luisants d'un patchwork de taches vives. Une tondeuse à gazon ronronnait au-dehors, et quelque part, une volée d'oiseaux célébrait à tue-tête la beauté du jour. Indifférente aux échos de la vie, enfermée dans son bureau en compagnie de Taylor, B.J. se concentrait sur son travail. Ici, séparée de lui par la barrière impersonnelle des factures et des livres de comptes, elle se sentait pleine d'assurance. Dès qu'il s'agissait de discuter du fonctionnement de l'auberge, elle retrouvait toute sa lucidité. L'honnêteté la forçait à admettre que Taylor Reynolds connaissait également son affaire dans les moindres détails.

En tout cas, se disait-elle, il ne me traite pas en fillette ignare. Elle constata au contraire qu'il écoutait ses explications avec une attention respectueuse et qu'il semblait visiblement apprécier sa clarté d'expression. Elle en conclut que s'il ne voyait pas encore *l'Auberge du Lac* sous le même aspect qu'elle, rien n'était encore perdu.

– Je vois que vous traitez avec beaucoup de petites entreprises et de fermes environnantes, observa-t-il.

– En effet. Nous avons ainsi des rapports plus personnalisés avec nos fournisseurs, nous obtenons des produits plus frais, et c'est excellent pour l'économie locale.

– De plus, *l'Auberge du Lac* est essentielle à la vie de la région. Nous offrons de l'emploi et nous entretenons le marché des produits locaux.

– Mmmm.

Jugeant la réponse un tantinet obscure, elle s'apprêtait à poursuivre son plaidoyer, quand la porte s'ouvrit d'une poussée. Eddie surgit, la lèvre tremblante.

– B.J.! Les Bodwin! s'écria-t-il.

– J'arrive tout de suite.

Il disparut comme par enchantement. B.J.

réprima un soupir et nota mentalement qu'il faudrait demander à Eddie de frapper avant d'entrer pendant le séjour de Taylor.

– Qu'est-ce que c'est, les Bodwin? interrogea ce dernier, éberlué. Un typhon, un raz-de-marée?

– Non, rassurez-vous. Excusez-moi, j'en ai pour une minute.

Elle referma la porte derrière elle et se hâta vers le hall pour accueillir les Bodwin, deux vieilles dames clientes de longue date.

– Bienvenue, mademoiselle Patience, mademoiselle Hope. Je suis si contente de vous revoir.

– C'est toujours un plaisir de revenir, mademoiselle Clark! déclara Mlle Patience – et Mlle Hope murmura son assentiment.

Ainsi le voulait la tradition. Mlle Patience parlait toujours la première, et Mlle Hope approuvait ensuite dans un murmure. Maigres et penchées comme deux saules, les sœurs Bodwin étaient devenues au fil des années l'exacte réplique l'une de l'autre, depuis leurs lunettes cerclées de fer jusqu'à leurs bottines à boutons.

– Eddie, veuillez faire monter les bagages de ces dames, s'il vous plaît.

Mlle Patience remercia B.J. d'un sourire, puis regarda par-dessus son épaule. Se retournant, celle-ci vit s'approcher Taylor.

– Mademoiselle Patience, mademoiselle Hope, je vous présente Taylor Reynolds, le propriétaire de l'auberge, annonça-t-elle.

– Heureux de vous connaître, mesdames.

Taylor s'inclina galamment et serra chaque main osseuse. Les joues ridées de Mlle Hope rosirent, ce qui n'avait pas dû leur arriver depuis au moins vingt-cinq ans. Mlle Patience, elle, hocha la tête d'un air conquis.

– Vous avez beaucoup de chance, jeune homme, dit-elle. Mademoiselle Clark est un trésor. J'espère que vous l'appréciez à sa juste valeur.

B.J. serra les dents. Avec un sourire épanoui, Taylor lui posa la main sur l'épaule.

— Vous prêchez un converti, mesdames, mademoiselle Clark est l'élément le plus précieux de cet établissement. Toute ma reconnaissance lui est acquise.

B.J. se dégagea discrètement et reprit avec un détachement professionnel :

— Je vous ai réservé votre table habituelle, le numéro deux.

— Que c'est gentil, approuva Mlle Patience en lui tapotant la joue. C'est une attention charmante, mademoiselle Clark.

Comme les vieilles dames trottinaient vers la salle à manger, Taylor souffla sans cesser de sourire :

— B.J., vous n'allez tout de même pas donner la table numéro deux à ces vieilles piquées ?

Pour toute réponse, B.J. lui jeta un regard courroucé. Elle attendit qu'ils aient regagné son bureau avant d'exploser.

— *L'Auberge du Lac* a pour devise de toujours satisfaire ses clients. Je ne vois pas pourquoi nous ne donnerions pas aux Bodwin la table qu'elles préfèrent. Madame Campbell les installait toujours au numéro deux.

— Il y a longtemps que madame Campbell n'est plus propriétaire de cette auberge, répliqua-t-il froidement.

B.J. releva le menton.

— Excusez-moi. Voulez-vous que j'installe les sœurs Bodwin près de la cuisine ? Elles ne sont sans doute pas assez chic pour vous ? Essayez donc d'être indulgent envers ces vénérables rosières, au lieu de les considérer comme deux chiffres sur votre satané livre de comptes ! Vous...

Il interrompit sa tirade en la prenant brutalement par les épaules, et elle ravala le reste de sa phrase.

— Vous avez un sale caractère et des idées parfois bizarres, articula-t-il d'une voix menaçante. Personne n'a le droit de me dire comment je dois diriger mes affaires. Absolument personne. Il m'arrive de solliciter un conseil et de l'apprécier. Mais je suis le seul à prendre les décisions, et le seul à donner les ordres.

Elle se contenta de le regarder, à la fois subjuguée et un peu effrayée.

— Me suis-je bien fait comprendre ? insista-t-il.

B.J. rassembla son courage pour parler de façon audible :

— Oui, parfaitement. Quels sont vos ordres pour les Bodwin ?

— Mais rien, B.J. Autrement, je vous l'aurais déjà dit... Savez-vous, poursuivit-il en se radoucissant, vous êtes une jeune personne très ingénieuse ? Vous avez réussi à partager mon petit déjeuner et à travailler toute la matinée avec moi sans prononcer une seule fois mon prénom. Je vous ai vue tourner autour, sauter par-dessus ou ramper dessous, c'était fascinant.

— Ridicule ! s'écria-t-elle. Vous avez trop d'imagination.

Elle voulut se dégager, mais il la retenait toujours, les mains sur ses épaules.

— Alors... peut-être accepterez-vous de le dire, maintenant.

Ses mains descendirent lui encercler la taille, et comme elle se cabrait, il l'attira contre lui. Elle sentit ses genoux fléchir et son corps se mettre à trembler.

— Taylor, chuchota-t-elle.

— Très bien. Il faudra recommencer. Est-ce que je vous fais peur, B.J. ?

— Non. (C'était à peine un murmure.) Non ! répéta-t-elle plus fermement.

— Menteuse, dit-il avec un petit rire silencieux.

Il se pencha et posa la bouche sur la sienne, la caressant lentement du bout des lèvres. Au bout d'un moment, elle poussa un petit gémissement, leva les bras malgré elle et s'accrocha à lui. Ecrasée contre sa poitrine dure elle eut l'impression de tomber dans un abîme sans fin. Taylor caressait ses hanches, épousant leurs courbes pleines, tandis qu'elle répondait de tout son être à son baiser. Elle perdit peu à peu le sens de la réalité, le monde extérieur s'évanouit. Soudain, pourtant, un obscur sentiment de frayeur l'envahit, semant le désarroi dans son esprit. Elle trouva la force de se dégager, tendit la main derrière elle vers la poignée de la porte.

– Je... Je dois aller vérifier les préparatifs du déjeuner.

Taylor ne fit aucun effort pour la retenir. Il la regardait, un sourire amusé aux lèvres.

– Bien sûr... courez vite faire votre devoir. Mais j'espère que vous avez compris la situation, B.J. J'ai envie de vous et vous m'appartiendrez tôt ou tard. Je peux être patient, jusqu'à un certain point.

Il fallut un instant à B.J. pour retrouver sa voix.

– Quoi? bégaya-t-elle. Quel aplomb! Quelle incroyable présomption! Me prenez-vous pour un objet? Allez-vous me faire acheter, moi aussi, par un de vos hommes d'affaires?

– Non, rassurez-vous. En l'occurrence, je m'en occuperai moi-même. Mais quand une chose doit devenir ma propriété, je le sais. Il suffit simplement d'attendre le moment propice.

Rouge de fureur, outragée au delà de toute mesure, B.J. fit un pas en avant.

– Je ne suis pas un *objet*! Vous ne m'ajouterez jamais à la liste de vos trophées. Jamais, vous m'entendez? Attendre le moment propice, dites-vous? Vous risquez d'attraper des cheveux blancs!

Mais cela ne sembla guère émouvoir Taylor qui souriait toujours. Sur le point d'éclater, B.J. préféra sortir de la pièce en claquant la porte derrière elle, de toutes ses forces.

Chapitre quatre

Le lundi, B.J. était toujours débordée. Elle avait du reste la conviction que si une catastrophe devait un jour fondre sur l'auberge, cela se passerait forcément un lundi – pour la bonne raison qu'elle n'aurait pas une minute de liberté pour y faire face. Aujourd'hui, la présence de Taylor Reynolds dans son bureau était une contrainte supplémentaire. Tous deux s'étaient fait monter du café et travaillaient avec application. Mais elle n'avait pas oublié la scène de la veille et la rancune était encore vivace. D'une voix glaciale, elle renseignait Taylor sur chaque coup de téléphone, chaque lettre, chaque facture. Au moins, il ne pourrait l'accuser d'être peu coopérative. Guindée, certes, mais efficace et précise, songeait-elle avec une sorte de plaisir sournois.

L'attitude parfaitement courtoise de Taylor n'atténuait en rien son ressentiment. Elle avait conscience que la froideur qu'elle lui témoignait frisait l'impolitesse, mais ne s'en souciait guère. Jamais elle n'avait rencontré d'homme plus suffisant et sûr de lui, et un instant, elle s'imagina lui renversant sa tasse de café sur les genoux, pour voir sa réaction. Cette pensée la mit en joie.

– Ai-je manqué quelque chose de drôle? demanda Taylor en l'entendant glousser.

– Pardon? (Elle se composa un visage impassible.) Non, excusez-moi, j'étais distraite... Il va falloir que je vous laisse, ajouta-t-elle en se levant, je dois vérifier si toutes les chambres sont bien faites.

Préférez-vous déjeuner ici, ou dans la salle à manger?

Taylor se renversa sur sa chaise et la dévisagea en tapotant le bureau de son crayon.

— Je descendrai dans la salle à manger. Viendrez-vous m'y rejoindre?

— C'est impossible, hélas, répondit-elle d'une voix sucrée. Je suis submergée. Je vous recommande le rôti de bœuf; je suis sûre qu'il vous donnera entière satisfaction.

Le laissant muet et désorienté, elle sortit de la pièce et referma avec soin la porte derrière elle.

Avec un brin de chance et beaucoup d'ingéniosité, elle réussit à éviter Taylor tout l'après-midi. L'auberge était presque vide, la plupart des clients ayant profité du beau temps pour se promener. Tout en glissant discrètement le long des couloirs déserts, elle restait aux aguets, craignant à tout moment de voir surgir Taylor. Mais bien qu'elle ne l'eût avoué pour rien au monde, ce jeu enfantin du chat et de la souris l'amusait beaucoup...

C'était l'heure tranquille précédant le dîner. L'auberge semblait assoupie. B.J. fredonnait dans la blanchisserie, au troisième étage, vérifiant des montagnes de linge propre. Persuadée que Taylor ne s'aventurerait pas à cet étage, elle avait relâché sa vigilance. L'imagination vagabonde, elle rêvassait, se voyait canoter sur le lac, se promener dans les bois, prendre le frais pendant les longues soirées d'été. Pourtant, un inexplicable malaise troubla sa rêverie, un curieux sentiment de vide et d'absence. Elle se sentait lasse à présent, et seule; tout en elle appelait un compagnon pour partager ces joies simples. Mais qui? Qui d'assez tendre et fort pour en jouir à ses côtés?

Un visage s'imposa si brusquement à son esprit, qu'elle ferma les yeux pour le chasser.

— Ah, non! pas lui! marmonna-t-elle tout haut en

donnant un coup de poing sur une pile de draps. Certainement pas!

Comme elle sortait de la pièce à reculons, elle heurta du dos un obstacle solide et poussa un cri.

– Vous êtes bien nerveuse!

Taylor la prit par les épaules pour l'obliger à se retourner. Il semblait s'amuser comme un fou.

– Et en plus, vous parlez toute seule, maintenant. Vous avez besoin de vacances.

– Je... Je...

– De longues vacances, conclut-il en lui tapotant la joue d'un petit air paternel.

B.J. retrouva enfin un peu de son sang-froid.

– Vous m'avez surprise en rasant sournoisement les murs!

– Je croyais que c'était une règle de la maison, répliqua-t-il avec un large sourire. Vous-même, qu'avez-vous fait d'autre, tout l'après-midi?

Furieuse de voir son petit manège découvert, elle articula dignement:

– Vous étiez à cent lieues de mes préoccupations. Si vous voulez bien m'excuser...

– Savez-vous que vous avez une petite ride verticale entre les sourcils quand vous êtes irritée?

– Je suis très occupée, poursuivit-elle en s'efforçant de lisser son front – et en le maudissant intérieurement. Taylor, si vous n'avez pas besoin de moi...

– Je viens de prendre un message pour vous, révéla-t-il, un très surprenant message.

– Ah?

Il sortit une feuille de papier de sa poche et la lui montra.

– Oui, je l'ai même noté pour être sûr de ne pas me tromper. C'est d'une certaine Mlle Peabody. Elle vous fait savoir que Cassandre a eu ses bébés. Quatre filles et deux garçons. (Il hocha la tête avec admiration.) Des sextuplés, vous vous rendez compte? Un exploit tout à fait remarquable.

– Pas si vous êtes une chatte, répondit B.J., en

rougissant. Mlle Peabody est une de nos plus anciennes clientes. Elle séjourne à l'auberge deux fois par an.

Taylor maîtrisait visiblement son envie de rire.

– Je vois... Eh bien, maintenant que j'ai fait mon devoir, à vous de faire le vôtre, ajouta-t-il en l'entraînant par la main. Ce pays me donne un appétit féroce. Vous connaissez le menu, qu'allons-nous commander?

– Mais je ne peux pas... commença-t-elle.

– Oh que si, vous pouvez! Considérez-moi comme un client. L'auberge a pour devise de satisfaire sa clientèle disiez-vous? Et moi j'ai envie de vous inviter à dîner.

Prise au piège de sa propre publicité, B.J. ne trouva rien à répliquer, et, un peu plus tard, elle était assise en face de lui dans la salle à manger.

Le dîner fut infiniment agréable. Au dessert, elle se félicita d'avoir joué son rôle d'hôtesse à la perfection, cette fois. Certes, elle avait le plus grand mal à résister à l'attrait de Taylor. Il émanait de lui un charme si naturel qu'elle faillit se laisser subjuguer à plusieurs reprises. Mais chaque fois qu'elle sentait se fendiller la surface de son flegme, elle s'efforçait de réagir au plus vite. Quel dommage! songeait-elle. Ce serait merveilleux de dîner ainsi avec lui, s'il n'y avait aucune barrière entre nous. Mais elle est là, et bien là! Et je suis en guerre, ne l'oublions pas. Premier devoir du soldat : surtout ne pas pactiser avec l'ennemi! Et comme Taylor levait son verre en lui adressant son plus éblouissant sourire, elle se demanda si Mata-Hari avait jamais connu mission aussi difficile.

Ils en étaient au café lorsqu'Eddie s'approcha de leur table. Constatant qu'il ne s'agissait pas de la tête au pied et ne semblait pas davantage sur le point de s'évanouir, B.J. lui adressa un petit signe d'approbation à peine perceptible.

– Monsieur Reynolds, on vous demande au téléphone, annonça-t-il.

Taylor se leva.

– Merci, Eddie. Je vais prendre la communication dans le bureau. Excusez-moi, B.J. Je ne serai pas long.

– C'est sans importance, je vous en prie. De toute façon, j'ai des tas de choses à faire, maintenant.

– Je vous rejoins dans un moment, déclara-t-il d'un ton sans réplique.

Leurs regards s'affrontèrent, se mesurèrent. Puis, comme s'il changeait brusquement d'humeur, Taylor éclata de rire, se pencha et embrassa B.J. sur le front avant de tourner les talons.

Elle en resta bouche bée, curieusement légère, tout à coup. Puis, s'efforçant de rassembler ses idées, elle avala son café en hâte et se rendit au salon.

Tous les lundis soirs, depuis que l'auberge existait, le salon était le théâtre d'une tradition bien établie – l'événement de la semaine. B.J. parcourut le décor d'un œil critique. Çà et là, sur les tables étaient posées des lanternes de fiacre éclairées à la bougie. La lueur vacillante des flammes illuminait le bois poli, mêlant une discrète odeur de vernis à celle de la cire chaude. La piste de danse dégagée, plongée dans une demi-pénombre, semblait accueillante. Tout était parfait, l'ambiance romantique à souhait. B.J. s'approcha d'un antique gramophone à pavillon, encastré dans un superbe meuble d'acajou et en caressa affectueusement le couvercle avant de l'ouvrir.

Tandis qu'elle sélectionnait un assortiment de vieux soixante-dix-huit tours, les clients commencèrent à affluer. Le murmure des conversations, derrière elle, lui était si familier qu'elle en avait à peine conscience. Les verres tintaient, les glaçons s'entrechoquaient, des rires fusaient de temps à autre. Avec l'adresse d'un expert, B.J. remonta la manivelle du gramophone et posa un épais disque noir sur le plateau de l'appareil. Il y eut d'abord un bruit de friture puis la musique s'éleva, crachotante et désuète, mais pleine de charme. Déjà trois couples tournoyaient sur la piste de danse. La traditionnelle soirée du lundi venait de commencer...

Durant la demi-heure suivante, B.J. régala ses hôtes des airs les plus connus des années 30, sans interruption. L'expérience lui avait appris que, quelle que fût la moyenne d'âge de l'auditoire, ce petit retour dans le passé était toujours très apprécié. Comme elle adressait un sourire amical à un couple qui dansait le fox-trot, une voix retentit tout contre son oreille :

— Que diable se passe-t-il ici?

Faisant volte-face, elle se trouva nez à nez avec Taylor.

— Oh! vous voilà. Ce coup de téléphone, rien de grave, j'espère?

— Non, rien d'important.

Il attendit qu'elle change de disque et insista :

— B.J., je vous ai demandé ce qui se passait ici.

— Mais rien d'autre que ce que vous voyez, répondit-elle distraitement. (Elle prêtait l'oreille à la musique, qui lui semblait crachoter de plus en plus.) Asseyez-vous, Taylor. Je vais aller demander à Don de vous préparer quelque chose à boire. C'est curieux, j'aurais juré que cette aiguille était encore bonne. Il faut que je la change.

La musique se tut. B.J. entreprit de changer l'aiguille de l'appareil.

— Quand vous aurez fini, peut-être accepterez-vous de jeter un coup d'œil sur mon carburateur et ma boîte de vitesses?

Elle était trop absorbée pour relever le sarcasme de Taylor.

— Nous verrons, murmura-t-elle en posant avec précaution la nouvelle aiguille sur le disque.

Puis elle se redressa et, lui montrant le bar d'un signe de tête, lui demanda :

— Qu'est-ce qui vous ferait plaisir?

— Principalement, une explication.

— Une explication? répéta-t-elle, reportant enfin

toute son attention sur lui. Une explication à propos de quoi, de qui?

— B.J. (L'impatience commençait à percer dans le son de sa voix.) Vous êtes obtuse ou vous faites semblant?

N'appréciant ni le ton ni la question, elle se raidit.

— Je serais peut-être moins stupide si vous étiez un peu plus clair.

— J'avais cru comprendre que ce salon était doté d'une installation hi-fi des plus perfectionnées.

— Mais bien entendu. Et alors?

— Pourquoi ne vous en servez-vous pas? Et pourquoi utilisez-vous ce machin archaïque? ajouta-t-il en désignant le gramophone.

— Parce que c'est lundi, pardi.

Taylor promena un regard las sur la piste de danse, ou un couple enseignait à un autre les subtilités de la rumba.

— Je vois. C'est limpide, en effet.

Sa réaction caustique emplit B.J. d'une indignation qu'elle eut le plus grand mal à réprimer. Elle se contraint à l'impassibilité.

— Tous les lundis soir, nous utilisons le gramophone pour écouter de vieux soixante-dix-huit tours. Mais ce n'est pas un machin archaïque, comme vous dites. C'est une superbe antiquité, une véritable pièce de musée.

— B.J.! cria Taylor au-dessus de sa tête tandis qu'elle se penchait pour changer de disque. Pourquoi?

— Pourquoi quoi? aboya-t-elle.

— Pourquoi utilisez-vous le gramophone pour écouter de vieux soixante-dix-huit tours le lundi soir?

Il avait détaché ses mots avec précision, comme s'il s'adressait à un aborigène dans la brousse ou une brute analphabète. B.J. crispa les poings et ses yeux lancèrent des éclairs.

— Parce que... commença-t-elle.

Mais il leva la main pour arrêter son explication.
- Une minute.

Elle le vit traverser la pièce et s'adresser à un des clients, qu'il gratifia d'un discours apparemment convaincant. Lorsqu'il revint vers elle, il annonça :

- Vous voilà relevée de vos fonctions de disc-jockey pour un moment. Venez avec moi.

Là-dessus, il la saisit par la main et l'entraîna au-dehors. Mais rien ne put endiguer l'exaspération de la jeune femme, ni la fraîcheur du soir, ni le contact de Taylor, cette fois. Il referma la porte et, s'adossant au mur, l'invita du geste à parler :

- Maintenant, allez-y.
- Oh, vous me rendez folle! Je pourrais hurler! Pourquoi êtes-vous si...
- Arrogant? suggéra Taylor.
- Oui, approuva-t-elle passionnément. Tout marchait à merveille, et vous venez tout gâcher avec votre... égoïsme prétentieux! (Elle arpentait nerveusement la véranda, jugeant le clair de lune romantique qui filtrait à travers les arbres d'un goût exécrable en la circonstance.) Ces gens s'amusent, figurez-vous, poursuivit-elle en montrant la fenêtre d'où parvenait un air de Cole Porter. Vous n'avez aucun droit de les critiquer. On n'a pas toujours besoin d'un orchestre ou des derniers tubes à la mode pour se divertir!

Il l'immobilisa en la prenant par le bras. Elle rejeta en arrière sa masse de cheveux blonds et le fusilla du regard.

- Bon, ça suffit, dit-il d'une voix au calme menaçant. Si vous voulez bien vous rappeler le début de cette passionnante conversation, je vous ai posé une question toute simple. Et tout à fait logique, je crois.
- Et moi, je vous ai répondu... (Elle s'arrêta, frustrée, et leva les bras au ciel.) Comment voulez-vous que je me rappelle? Il vous a fallu dix bonnes minutes pour en venir au fait... D'accord, reprenons!

Quelle était cette question toute simple et logique ?

— B.J., vous viendriez à bout de la patience d'un saint, fit-il à la fois attendri et exaspéré. J'aimerais savoir pourquoi, lorsque je suis entré dans le salon tout à l'heure, je me suis retrouvé en 1930.

— Et bien, expliqua-t-elle posément, tous les lundis soir, depuis plus de cinquante ans, l'auberge organise ce genre de distraction. C'est devenu une coutume régionale et nos clients ne sauraient plus s'en passer. Bien sûr, poursuivit-elle sans se rendre compte que Taylor manœuvrait pour l'attirer traîtreusement dans ses bras, les autres soirs, nous avons recours à la hi-fi ou à un petit orchestre, selon la saison. Ces réunions du lundi sont presque aussi anciennes que l'auberge, et occupent une place importante dans nos traditions...

Les notes nostalgiques d'un slow flottaient à travers la fenêtre entrouverte. Tout en parlant, presque malgré elle, B.J. se balançait doucement aux inflexions de la musique. Elle eut à peine conscience de l'étreinte de Taylor. Leurs corps glissèrent à l'unisson, ne faisant qu'un, au rythme du slow.

— Voilà enfin une réponse raisonnable, murmura-t-il en la serrant contre lui. Et l'idée n'est pas mauvaise ! Je commence même à m'y habituer et à y prendre goût.

Elle rejeta la tête en arrière pour le regarder dans les yeux. Leurs visages étaient proches, si proches qu'elle percevait le souffle de Taylor sur ses lèvres.

— Vous avez froid ? demanda-t-il en s'apercevant qu'elle frissonnait.

Elle secoua la tête, mais il la serra davantage, l'enveloppant de toute la tiédeur de son corps. Leurs joues se frôlaient.

— Il faut que je rentre, murmura-t-elle.

Elle ne fit cependant aucun effort pour se détacher de lui. Les yeux fermés, elle se laissait bercer, envahir, par la musique. Les petits bruits de la nuit ajoutaient à la magie de la mélodie : un bruissement de feuilles, le bref pépiement d'un oiseau, l'agitation frénétique d'une phalène contre une vitre. Un parfum discret d'héliotrope embaumait l'air doux. Le clair de lune illuminait la silhouette tremblante des érables. Taylor frôla de ses lèvres la tempe de B.J., descendit effleurer sa bouche. Ses mains lui caressaient le dos.

Sa volonté faiblissait à mesure que s'éveillaient ses sens. Elle entendait battre le cœur du jeune homme, se réchauffait à la tiédeur de sa peau, s'enivrait de son odeur. Lui seul importait à présent. Lui seul. Tout le reste s'estompait comme une photographie jaunie. Un désir brûlant monta en elle, elle fut soudain la proie d'une exaltation qui la dépassait, d'une sorte de transe à laquelle il fallait s'arracher.

– Non, je vous en prie, balbutia-t-elle. Je ne veux pas de ça.

Elle le repoussa si vivement que la surprise l'empêcha de la retenir. Adossée à une colonne de la véranda, elle continuait à lui faire face. Taylor franchit d'un pas souple la distance qui les séparait, et lui encercla le cou de ses doigts.

– Oh! mais si, vous le voulez, dit-il.

Il se pencha, l'embrassa brutalement. Le désir, à la fois suave et douloureux, se propagea de nouveau en elle, jusqu'à la faire suffoquer. Taylor tenta de resserrer son étreinte. Elle comprit alors que si elle se laissait fondre une fois encore entre ses bras, elle ne trouverait plus la force de lui résister.

– Non! s'écria-t-elle en se libérant avec vigueur. Vous n'aurez aucun droit sur moi. Jamais!

Elle se détourna, dévala l'escalier de la véranda, s'éloigna en courant dans le noir, et arriva derrière l'auberge.

Avant d'y pénétrer, elle s'arrêta pour reprendre haleine et permettre à son cœur qui piaffait de s'apaiser. C'est un lundi dont je me souviendrai...

songea-t-elle en souriant tristement. Puis, calmée, elle se rendit aux cuisines afin de rappeler à Dottie de garnir de fleurs fraîches les tables du petit déjeuner, le lendemain matin.

Chapitre cinq

Il y a des jours où tout va mal. La matinée, claire et ensoleillée, promettait pourtant d'être agréable. Vêtue d'une simple robe-chemise verte et chaussée de sandales à talons plats, B.J. descendit l'escalier martelant mentalement les mots « efficacité et dignité ». Aujourd'hui, elle était résolue à se comporter en femme d'affaires traitant avec son propriétaire. Ni clair de lune ni musique pour lui faire oublier ses responsabilités! Elle pénétra dans la salle à manger, toute désinvolture déployée, prête à invoquer le moindre prétexte pour ne pas déjeuner avec Taylor. Précaution inutile. Le jeune homme, plongé dans une conversation animée avec M. Leander, était déjà en train de dévorer une assiettée d'œufs brouillés. Il la salua discrètement avant de reporter son attention sur son compagnon de table.

A son propre étonnement, elle s'avoua déçue. Elle fit une grimace de dépit et disparut dans la cuisine. Quelques minutes plus tard, Elsie lui déclara tout de go qu'elle en avait assez de la voir traîner dans ses jambes. Il ne lui restait plus qu'à aller bouder dans son bureau.

Pendant l'interminable demi-heure qui suivit, elle régla quelques affaires tout en gardant l'oreille aux aguets – s'attendant à voir surgir Taylor. Au bout d'un moment, une raideur lui envahit le cou, annonciatrice de migraine. Sa migraine croissante et son ressentiment envers Taylor suivirent la même courbe fiévreuse, s'excitant l'une l'autre. C'est sa présence qui est à l'origine de tous mes maux, se dit-elle. La pointe de son crayon se brisa.

Elle le retaillait, les dents serrées, quand Eddie pénétra en trombe dans le bureau.

— B.J.! Nous avons des ennuis.

— Je l'aurais juré! marmonna-t-elle.

— C'est la machine à laver la vaisselle. (Eddie baissa les yeux et le ton, comme pour annoncer le décès d'un être cher.) Elle s'est cassée au milieu du petit déjeuner.

Elle poussa un soupir excédé.

— Entendu, je vais appeler Max. Avec un peu de chance, la machine aura retrouvé tout son entrain avant midi.

Une heure plus tard, elle se tenait près de Max, le réparateur, et le regardait explorer les entrailles du lave-vaisselle. Mais bientôt, les marmonnements continuels, les claquements de langue et les hochements de tête de ce dernier lui portèrent sur les nerfs. Le temps filait, et il lui semblait que Max travaillait avec une impossible lenteur. Impatiente, elle se pencha par-dessus son épaule et observa un instant le moteur mis à nu. Puis, prenant appui sur le dos de Max, elle lui montra un fil qui dépassait.

— Est-ce que vous ne pourriez pas...

— B.J., allez jouer ailleurs, soupira Max en dévissant un autre boulon. Et laissez-moi faire mon travail.

B.J., dépitée, se redressa, et sursauta en repérant Taylor sur le seuil de la porte. Il avait une lueur narquoise dans l'œil, ce qui porta au rouge son irritation.

— Il y a un pépin? demanda-t-il.

— C'est mon affaire! aboya-t-elle. Ne vous dérangez pas. Je suis sûre que vous avez des tas de problèmes à régler.

— Je ne suis jamais trop occupé pour vous, B.J.

Cette fois, il sourit franchement, ce qui l'agaça davantage encore. Il traversa la pièce, lui prit la main et la porta à ses lèvres avant qu'elle n'ait le temps de réaliser son intention. Max s'éclaircit la gorge. B.J. ramena vivement sa main derrière son dos.

– Euh... nous avons un petit ennui avec la machine à laver la vaisselle, avoua-t-elle. Mais ne vous inquiétez pas. (Elle prit son ton le plus professionnel.) Max va nous arranger ça avant l'heure du déjeuner.

– Certainement pas, dit Max.

Accroupi devant la machine, il secouait la tête et tenait à la main une minuscule roue dentée.

– Qu'est-ce que vous racontez? s'indigna B.J., qui en oublia Taylor. Il le faut absolument. J'ai besoin...

– Vous avez besoin d'une pièce comme celle-là, interrompit Max en lui tendant le petit mécanisme.

B.J. le saisit et l'examina, les sourcils froncés.

– Bon, et alors? Puisque ce bidule ridicule est la cause de tous nos ennuis, remplacez-le.

Max se tourna un instant vers Taylor, en quête de compréhension masculine. Puis il expliqua patiemment :

– Quand ce bidule ridicule a une dent cassée, la machine ne marche plus, B.J. Et je n'ai pas le bidule de rechange dans mon stock. Vous n'en trouverez qu'à Burlington.

La situation étant désespérée, B.J. eut recours au regard le plus émouvant de sa panoplie.

– A Burlington? Oh, Max!

Bien qu'ayant dépassé la cinquantaine depuis longtemps, Max ne se montra pas insensible à ses grands yeux gris. Se dandinant lourdement d'un pied sur l'autre, il hocha la tête, et soupira enfin :

– Ça va, ça va, j'irai à Burlington moi-même. La machine sera réparée avant le dîner, mais n'y comptez pas pour le déjeuner. Je ne suis pas magicien.

Elle se haussa sur la pointe des pieds et lui picora la joue d'un baiser.

— Merci, Max. Sans vous, je ne sais pas ce que je deviendrais.

Il rassembla ses outils et s'éloignait en marmonnant quand B.J. lui cria :

— Amenez votre femme dîner à l'auberge ce soir, Max. La maison vous invite !

La porte refermée, elle souriait encore, ravie. Puis se rappelant la présence de Taylor elle se tourna vers lui.

— Avec des yeux pareils, vous devriez avoir un permis de port d'arme, observa-t-il.

— Je ne vois pas ce que vous voulez dire.

Il s'approcha en riant et d'un doigt lui souleva le menton.

— Oh si, petite futée, vous comprenez fort bien ! Le regard que vous lui avez lancé était tout à fait au point.

— Je me suis efforcée d'arranger les choses dans l'intérêt de l'auberge, c'est tout, cela aussi fait partie de mon travail.

— J'en suis convaincu, dit-il avant de se pencher sur la machine. En attendant que cet engin soit réparé, que faut-il faire ? Vous avez des suggestions ?

— Certainement, affirma-t-elle avec un regard du côté de l'évier. Vous pouvez retrousser vos manches.

Ce ne fut qu'une fois la tâche accomplie que B.J. éprouva une véritable surprise à l'idée qu'elle venait de laver toute la vaisselle du petit déjeuner avec Taylor. Pendant cet armistice, une étrange harmonie avait régné entre eux : ils s'étaient amusés comme des gamins, avaient échangé des plaisanteries dans une atmosphère de camaraderie dénuée de la tension qui caractérisait habituellement leurs rapports.

— Et rien de cassé ! proclama Taylor à la fin de leur corvée.

– Parce que j'ai réussi à rattraper deux de vos assiettes au vol.

– Pure calomnie! Et vous avez intérêt à me ménager! Que deviendrez-vous si Max ne répare pas la machine avant le dîner?

– Je préfère ne pas y songer. Mais Max ne me laissera pas tomber. Il n'a qu'une parole.

Ils regagnaient le bureau de B.J. quand le téléphone sonna. Elle saisit le combiné.

– *Auberge du Lac.* Oh! hello, Marilyn. Non, j'étais occupée. (Elle feuilleta quelques papiers.) Voilà, j'ai ton message. Désolée, je viens seulement de le trouver. Non, il faut d'abord que tu me donnes ta liste d'invités, nous mettrons au point le menu ensuite. Mais tu as tout le temps! Il te reste au moins un mois avant le mariage! Fais-moi confiance; j'ai déjà organisé des réceptions. Ne sois pas si nerveuse! Mais non, tu n'es pas folle! C'est l'hystérie classique de la future mariée... Appelle-moi quand tu auras ta liste définitive. Mais non, Marilyn, tu ne me déranges jamais. Bye!

Elle raccrocha. Taylor, qui s'était laissé tomber sur une chaise et avait posé les pieds sur le bureau, attendait visiblement une explication.

– C'était Marilyn, lui dit-elle. Une vraie boule de nerfs!

– J'ai eu cette impression, en effet.

– Elle se marie le mois prochain. A moins qu'elle ne fasse une dépression avant. Depuis que la date est fixée, elle me téléphone trois fois par jour à propos de la réception.

– Intéressant. Et ce genre de réception rapporte gros?

B.J. ouvrit de grands yeux.

– Pardon? Euh... oui. Enfin, c'est-à-dire... quelquefois. Cela dépend de... Oh! et puis vous m'embêtez à la fin, acheva-t-elle lamentablement.

– Pourriez-vous me traduire tout ça en termes clairs? suggéra Taylor.

– Eh bien, reprit-elle avec une désinvolture appliquée, en certaines occasions, nous ne faisons rien payer. Nous ne fournissons pas le buffet, bien sûr, s'empressa-t-elle d'ajouter. Nous prêtons seulement le décor.

— Pourquoi?

Il y eut plusieurs secondes de silence total.

— Pourquoi? répéta-t-elle en cherchant la réponse au plafond. Euh, dans ce cas précis, Marilyn est la cousine de Dottie. Vous connaissez Dottie, notre serveuse. Marilyn nous donne un coup de main en été. Nous avons décidé que sa réception de mariage aurait lieu ici, gratuitement.

— Qui ça, « nous »?

— Le personnel et moi-même, expliqua B.J. Marilyn s'occupe du buffet, de la musique et des fleurs. Nous lui offrons le salon, le service... et le gâteau de mariage, acheva-t-elle dans un murmure.

— Je vois. Ainsi, le personnel fait cadeau de son temps, de son talent... et de l'auberge.

— Seulement le salon, répliqua B.J. en soutenant son regard accusateur. Mais cela n'arrive pas souvent. Et si je devais justifier la chose du point de vue commercial, je dirais que c'est excellent pour nos relations publiques. Je ne vois pas pourquoi vous en faites toute une histoire. Vous n'allez tout de même pas vous opposer à la réception de Marilyn?

Elle marchait de long en large, en proie à une irrépressible fureur, rassemblant ses forces pour la bataille. Taylor la dévisageait calmement.

— Me prenez-vous pour un bourreau? dit-il enfin. Je n'ai pas l'intention d'interdire quoi que ce soit, B.J. Mais il faudra quand même que vous me donniez la liste des excentricités que vous jugez excellentes pour vos relations publiques.

— Avec plaisir, patron, balbutia B.J., envahie d'une onde de soulagement.

Le téléphone sonna de nouveau. Taylor lui fit signe de répondre et se leva en annonçant:

— Je vais aller nous chercher du café.

Lorsqu'il revint, quelques instants plus tard, B.J. venait de reposer le combiné et se tenait le menton entre les mains, accablée. Il posa un café devant elle.

— Qu'y a-t-il encore de cassé, B.J.?
— Le fleuriste ne peut pas me livrer mes six douzaines de jonquilles.
— J'en suis désolé.
— Vous pouvez l'être. Après tout, c'est *votre* auberge, et ce sont *vos* jonquilles.
— Trop aimable d'avoir pensé à moi! Mais ne trouvez-vous pas que six douzaines, c'est un peu excessif?
— Très drôle, maugréa-t-elle en avalant une gorgée de café. En attendant, il n'y aura pas de fleurs demain sur les tables.
— Vous n'avez qu'à lui commander autre chose que des jonquilles.
— Me prenez-vous pour une demeurée? Il a un problème de livraison et ne peut rien me fournir avant la semaine prochaine. Quel ennui!
— Pour l'amour du ciel, B.J., il doit y avoir au moins une demi-douzaine de fleuristes à Burlington. Pourquoi ne pas leur téléphoner? s'écria Taylor avec insouciance.

B.J. ouvrit des yeux incrédules.

— Faire venir des jonquilles de Burlington, avez-vous une idée de ce que cela coûterait?

Elle se leva et se remit à arpenter la pièce. Taylor l'observait en sirotant son café.

— Et je ne peux pas supporter les fleurs artificielles, marmonna-t-elle. Non, tout bien réfléchi, il ne me reste qu'une solution. Le jardin de Betty Jackson. (Elle poussa un soupir.) La supplier de me vendre sa gelée était assez pénible. Maintenant, il va falloir ramper à genoux pour lui soutirer ses fleurs.
— B.J., vous me donnez le tournis. Arrêtez, par pitié!

– Je dois d'abord la convaincre. Souhaitez-moi bonne chance, dit-elle en décrochant le téléphone.

– Bonne chance, fit docilement Taylor, espérant qu'il comprendrait plus tard.

Lorsqu'elle eut raccroché, il hocha la tête avec admiration.

– Je viens d'assister à un numéro de flatterie et d'hypocrisie éhonté.

– Avec Betty Jackson, la subtilité ne paie pas, avoua B.J. Je cours lui guillotiner ses jonquilles avant qu'elle ne change d'avis.

– Je vous accompagne, proposa Taylor en lui prenant le bras.

– Ne vous donnez pas cette peine.

– Oh! mais j'y tiens. Je veux absolument connaître cette femme à qui vous avez dit... comment, déjà? qu'elle avait un doigté féerique pour faire pousser les plantes.

Elle se mit à rire, étonnée.

– J'ai dit ça, moi?

– C'était même un de vos compliments les plus discrets.

Quelques instants plus tard, ils roulaient dans la Mercedes. En approchant de la ville, B.J. déclara :

– Le jardin de Betty Jackson est extraordinaire. L'année dernière, un de ses rosiers a été primé. Tournez à gauche, s'il vous plaît.

Ils s'arrêtèrent devant la maisonnette aux volets verts, et descendirent de voiture. B.J. poussa la grille. Songeant à l'élégance de Taylor, à sa chemise de soie, à sa Mercedes bleu métallisé, elle se dit que cette visite allait alimenter la conversation de Mlle Jackson durant les six mois à venir. La porte s'ouvrit avant que le premier coup de sonnette ait fini de retentir.

– Bonjour, mademoiselle Jackson! s'écria-t-elle gaiement.

Elle retint le suave discours qui lui montait aux lèvres en apercevant le regard d'extase de Betty Jackson, par-dessus son épaule.

— Oh! mademoiselle Jackson, permettez-moi de vous présenter Taylor Reynolds, le propriétaire de l'auberge.

Pendant cette brève présentation, Betty avait eu le temps d'arracher son tablier, les pinces métalliques qui retenaient sa mise en plis, et de dissimuler le tout derrière son dos. Taylor se pencha galamment pour s'emparer de sa main libre.

— Mademoiselle Jackson, j'ai tellement entendu parler de vous qu'il me semble que nous sommes de vieux amis, dit-il.

Rougissant comme une écolière, Betty Jackson resta sans voix pour la première fois depuis soixante ans.

— Nous sommes venus pour les fleurs, lui rappela B.J.

— Les fleurs? Oh! oui. Entrez donc.

Elle les fit pénétrer dans son salon, gardant toujours la main dans le dos. Taylor laissa errer son regard sur les coussins et les napperons.

— Charmant, observa-t-il avec un sourire appréciateur. Mademoiselle Jackson, nous vous serons éternellement reconnaissants d'accepter de nous venir en aide.

Betty Jackson battit des cils.

— Mais ce n'est rien, voyons. Asseyez-vous, je vais nous préparer une bonne tasse de thé. Venez avec moi, vous.

Elle se précipita hors de la pièce comme un boulet, et B.J. fut contrainte de la suivre. Dès qu'elles furent dans la cuisine, Betty Jackson se démena comme une forcenée. En un clin d'œil, elle avait posé la bouilloire sur le feu, sorti sa théière de gala et ses tasses de porcelaine les plus fines.

— Pourquoi ne m'avez-vous pas dit qu'il vous accompagnerait? chuchota-t-elle.

— Ma foi, je l'ignorais aussi jusqu'à...

— Seigneur, vous auriez pu me laisser le temps de me donner un coup de peigne et de me maquiller un peu!

B.J. se mordit la lèvre pour ne pas rire.

— Je suis désolée, Betty, M. Reynolds s'est décidé au dernier moment.

— Tant pis. Il est venu, c'est l'essentiel. Je mourais d'envie de le connaître, de lui parler. Pourquoi n'allez-vous pas cueillir vos fleurs, avant le thé? Choisissez tout ce que vous voulez.

Là-dessus, elle tendit un sécateur à B.J. et la poussa pratiquement dehors. En entendant la porte se refermer, elle hésita un instant, partagée entre le fou rire et l'irritation. Puis elle haussa les épaules et s'avança dans le jardin.

A son retour dans la cuisine, une vingtaine de minutes plus tard, elle avait les bras chargés d'une brassée de jonquilles et de tulipes précoces. De l'autre côté de la cloison, Betty Jackson éclata d'un rire roucoulant et cristallin de jeune fille. B.J. posa avec précaution son fardeau sur la table et pénétra dans le salon.

Confortablement installés sur le sofa, Taylor et Betty babillaient devant une théière rose, posée sur un napperon frisotté.

— Oh, Taylor, vous exagérez! se récriait Betty. Qu'allez-vous raconter à une pauvre femme!

B.J. en resta sans voix. C'était la première fois qu'elle prenait Betty Jackson en flagrant délit de flirt. Taylor, de son côté, faisait preuve d'un incroyable aplomb. Profitant d'un mouvement de Betty vers la table pour prendre des gâteaux secs, il leva les yeux vers B.J. et lui adressa un sourire si complice, si espiègle, qu'elle faillit traverser la pièce pour se jeter dans ses bras. Mais elle se contenta de lui rendre son sourire. Décidément, songea-t-elle, aucune femme au-dessous de cent ans n'est en sécurité auprès de lui. Reprenant son sérieux, elle déclara :

— Mademoiselle Jackson, votre jardin est toujours un véritable enchantement.

— Vous êtes gentille, B.J. Il me donne beaucoup de mal. Vous avez pris tout ce que vous vouliez?

– Oui, merci. Vous me rendez un immense service.

Betty Jackson se leva en poussant un soupir.

– N'en parlons plus. Je vais aller vous chercher un carton pour les fleurs.

Après un quart d'heure de congratulations émues, ils prenaient le chemin du retour. Sur la banquette arrière de la voiture gisaient un carton débordant de fleurs et une caisse de douze pots de gelée – une offrande de Betty à Taylor après qu'il eut promis de revenir la voir. Dès que la maison fut hors de vue, B.J. lui dit d'un ton sévère :

– Vous devriez avoir honte.

– Moi? s'écria-t-il, l'air innocent. Et pourquoi donc?

– Vous le savez très bien. Vous avez mis Betty dans tous ses états. J'ai cru qu'elle allait tomber dans les pommes.

– Est-ce ma faute si je suis irrésistible?

– Ecoutez-le! Vous faisiez exprès d'abuser de votre charme. Sur un mot de vous, elle aurait arraché son rosier primé pour venir le planter devant l'auberge.

– Vous plaisantez! Je me suis contenté de bavarder gentiment, c'est tout.

– Vous aimez son thé à la camomille? demanda-t-elle d'un ton doucereux.

– C'est assez rafraîchissant. Vous ne l'avez pas goûté, je crois?

B.J. eut un reniflement ulcéré.

– Non. On ne m'y a pas invitée.

– Ah! je vois, soupira Taylor en arrêtant la voiture comme ils arrivaient à destination. Vous êtes jalouse.

– Jalouse, moi? (Elle éclata de rire.) Ridicule!

– Ne niez pas. Petite folle, va!

Là-dessus, il se tourna vers elle, se pencha et posa sa bouche souriante sur la sienne. Son baiser, d'abord taquin, se fit bientôt plus ferme, plus passionné. B.J. émit un petit gémissement et se raidit.

– Non, Taylor. Laissez-moi.

Elle réussit à lui poser les doigts sur les lèvres et à le repousser. Il la dévisagea sombrement tandis qu'elle s'efforçait de reprendre son souffle.

– Taylor, il serait temps que nous mettions au point certaines conventions.

– Je ne crois pas aux conventions entre homme et femme. En tout cas, je n'obéis à aucune. Si je n'insiste pas, c'est parce que je ne pense pas qu'il soit très pratique de vous faire l'amour en plein jour, sur le siège avant de ma voiture. Mais le moment viendra où les conditions seront plus favorables.

B.J. lui jeta un regard blessé.

– Et vous pensez sérieusement que je serai folle de joie d'accepter, n'est-ce pas?

– En temps voulu, vous en serez heureuse, j'en suis certain.

– Comptez là-dessus, dit-elle en descendant de la voiture. J'ai peur que vous n'ayez à attendre *très très* longtemps, Taylor!

La violence avec laquelle elle claqua la portière lui procura une grande satisfaction. Mais elle entra dans l'auberge d'un pas parfaitement nonchalant.

Chapitre six

B.J. se tenait au milieu de la grande pelouse, sous la caresse du soleil printanier. Elle avait décidé d'éviter Taylor et de se concentrer sur ses mille tâches quotidiennes, mais hélas ce n'était guère facile, étant donné leurs responsabilités communes.

L'auberge était relativement tranquille en ce moment, mais dans un mois, quand commencerait la saison d'été, elle pullulerait d'une nuée d'estivants. La jeune femme parcourut les bâtiments du regard, admirant les fenêtres pimpantes, la maçonnerie de brique rouge qui se détachait contre le vert sombre des pins. Deux clients installés sur la véranda jouaient aux échecs. Le murmure de leur conversation parvenait jusqu'à elle.

Bientôt, cette quiétude serait troublée de cris et de rires d'enfants, par le ronronnement des bateaux à moteur sur le lac. Mais l'herbe des gazons inviterait encore à y marcher pieds nus, et l'ombre des arbres serait toujours accueillante et fraîche. Le charme de l'auberge demeurerait intact en toute saison. A condition que j'empêche Taylor de le gâcher, se dit-elle. Il me reste dix jours. Dix jours, et je serai débarrassée de lui! Oh! comme je voudrais qu'il ne soit jamais venu, ne jamais l'avoir approché...

Poussant un soupir résigné, elle s'apprêtait à regagner son bureau lorsque Taylor lui barra le passage.

– Avec une tête pareille, vous allez faire fuir les

clients. J'ai l'impression que vous avez besoin de détente. Venez, dit-il en l'entraînant par la main.

– Il faut que je rentre, protesta-t-elle. Je... je dois téléphoner au blanchisseur.

– Cela peut attendre. Votre devoir de guide passe en premier.

– De guide? Où allons-nous? Voulez-vous me lâcher!

– Non, je ne vous lâche pas. Nous allons pique-niquer. (Elle s'aperçut qu'il tenait un panier à la main.) Elsie nous a préparé un succulent déjeuner. Je veux voir le lac.

– Vous n'avez pas besoin de moi pour ça. Vous ne risquez pas de le rater. C'est ce grand machin plein d'eau, au bout du chemin.

Taylor s'arrêta pour lui faire face.

– B.J., vous m'évitez depuis deux jours. Je sais bien que nous avons des divergences d'opinion à propos de l'auberge...

– Et alors? dit-elle en essayant de dégager sa main, sans succès. Je ne vois pas...

– Taisez-vous. Je suis prêt à vous donner ma parole qu'aucune modification majeure ne sera entreprise sans que vous en soyez avertie au préalable. Quelles que soient mes décisions, vous serez la première à en être avisée. Là, vous êtes contente? Je sais combien vous tenez à l'auberge, et je respecte votre loyauté.

– Mais...

– Cependant, laissez-moi vous rappeler que je suis le patron, et que vous êtes mon employée. Je vous octroie donc, royalement, deux heures de liberté! Que pensez-vous des pique-niques?

– Ma foi, je...

– Parfait. Je les aime aussi.

Avec un irrésistible sourire, il l'entraîna vers le vieux sentier qui serpentait entre les arbres.

Les sous-bois étaient encore humides de rosée. Des bouquets éclatants de fleurs sauvages perçaient sous l'humus des feuilles mortes, dans une douce lumière tamisée par le feuillage. Des écureuils montraient le bout du nez entre les branches des arbres, où les oiseaux commençaient à nicher.

Le sentier s'élargit et dévala la berge herbeuse du lac. Il était si limpide qu'on pouvait voir s'y refléter quelques nuages, et les sommets encore enneigés des monts qui bordaient sa rive opposée, au loin. Une mésange pépia dans le silence. Taylor murmura :

— C'est somptueux. Venez-vous parfois vous baigner ici ?

— Seulement depuis l'âge de deux ans, répondit-elle d'un ton léger.

— Bien sûr. J'avais oublié que vous étiez née ici.

B.J. se dégagea de l'étreinte de sa main, et s'emparant du panier, entreprit de déballer le piquenique.

— Mes parents se sont installés à New York quand j'avais dix-huit ans, poursuivit-elle en étalant une nappe sur l'herbe. Je les ai accompagnés pour terminer mes études. Mais sitôt terminées, je suis revenue ici.

Taylor se laissa tomber dans l'herbe, à côté d'elle. Il avait retroussé ses manches de chemise sur ses avant-bras bronzés.

— Comment avez-vous trouvé New York ?

Elle fronça les sourcils.

— Bruyant, affolant. Et je déteste l'affolement.

— Vraiment ?

D'un geste vif, il dénoua le ruban qui retenait les cheveux blonds de B.J., et ceux-ci se répandirent sur ses épaules. Comme elle tentait de récupérer son bien, il le rejeta avec insouciance hors de portée.

— Vous savez, vous êtes vraiment très mal élevé ! s'écria-t-elle.

— On me le dit souvent, en effet.

Tandis qu'elle fulminait en silence, il sortit du panier une bouteille de vin, la déboucha avec dextérité et remplit deux verres du meilleur chablis de l'auberge. Puis il demanda :

— Comment êtes-vous devenue directrice de *l'Auberge du Lac* ?

— C'est arrivé par étapes, expliqua-t-elle après une hésitation, en prenant le verre qu'il lui tendait. Quand j'étais lycéenne, je donnais un coup de main à l'auberge pendant les vacances pour gagner un peu d'argent de poche. J'occupais toutes sortes d'emplois. La dernière année, j'ai été promue assistante de direction. Et finalement, quand je suis rentrée de New York après mes études, l'ancien directeur, M. Blakely, partait à la retraite. Le poste était libre. Il m'a chaudement recommandée. Voilà.

Elle haussa les épaules et mordit dans une cuisse de poulet.

— Et au milieu de toutes ces activités, quand avez-vous appris à jouer au base-ball ?

— Oh ! je devais avoir quatorze ans. J'étais follement amoureuse d'un garçon qui avait trois ans de plus que moi. (Elle sourit à ce souvenir.) C'était un joueur fanatique de base-ball. Naturellement, j'ai tenu à me mettre au diapason. Il m'appelait son « petit batteur de choc ». J'en avais les genoux qui tremblaient.

Taylor éclata de rire, dérangeant un geai somnolent qui s'envola en jacassant d'indignation. Ce rire procura à la jeune femme un vif plaisir, sans qu'elle en comprît la raison.

— B.J., je ne connais personne qui vous ressemble ! Qu'est-il arrivé à votre demi-dieu ?

— Il... euh, il a deux marmots et il vend des voitures d'occasion.

— Tant pis pour lui.

Il se tailla une portion de fromage et B.J., rompant le pain frais et odorant d'Elsie, lui en tendit un morceau.

— Passez-vous beaucoup de temps dans vos autres hôtels ? interrogea-t-elle.

— Cela dépend.
Elle était à genoux dans l'herbe. Taylor la contempla un moment, s'attardant sur ses cheveux soyeux, ses lèvres entrouvertes. S'efforçant de soutenir son regard, elle insista :
— Cela dépend de quoi ?
— De la compétence de mes directeurs. Souvent, lorsqu'une difficulté surgit, je dois aller la résoudre sur place. Et quand nous achetons un nouvel établissement, j'aime bien m'imprégner de son atmosphère avant de décider si quelques remaniements, restaurations et autres aménagements seront ou non nécessaires.
— Alors, vous voyagez sans cesse.
— Oh ! j'ai traîné mes guêtres un peu partout...
Il avança soudain la main et glissa les doigts dans les cheveux de B.J., la faisant tressaillir.
— Au Kansas, j'ai vu des champs de blé mûr qui n'étaient pas aussi blonds que ça, reprit-il. Et le brouillard de Londres est moins dense et moins mystérieux que vos yeux.
B.J. s'humecta les lèvres.
— Votre poulet va refroidir.
Cette remarque le fit sourire, mais il lui lâcha les cheveux.
— Ah ! j'oubliais, dit-il en remplissant de nouveau leurs verres. Il y a eu un appel pour vous.
— Un appel important ?
— Mmm. Aucune idée. C'était un certain Howard Beall. Il a demandé que vous le rappeliez.
— Oh ! fit-elle en avalant une gorgée de chablis.
En effet, elle avait promis à l'ineffable neveu de Betty Jackson de sortir avec lui un de ces soirs. Cette perspective lui arracha un soupir accablé.
— Vous n'avez pas l'air de déborder d'enthousiasme. Qui était-ce ?
— Oh ! quelqu'un que je connais.
Taylor se contenta de hausser le sourcil.
Le ciel était d'un bleu limpide, sans la moindre trace de nuage pour gâcher sa perfection. Détendue

et rassasiée, B.J. s'allongea pour le contempler sur l'herbe fraîche qui dégageait un parfum pénétrant. Au-dessus d'elle, un érable étendait ses branches sombres, parsemées de tendres petits bourgeons.

— En hiver, quand il neige, tout est si différent, murmura-t-elle en partie pour elle-même. La terre et les arbres se couvrent d'un épais manteau blanc. Le lac gelé devient un miroir dont la glace est presque transparente. Et on finit par oublier que le printemps reviendra un jour. Est-ce que vous faites du ski, Taylor?

Elle roula à plat ventre et se redressa sur les coudes pour le regarder. Elle avait le visage ensommeillé, la chaleur et le vin lui rosissaient les joues. Taylor lui sourit.

— Ça m'arrive.

— L'auberge attire beaucoup d'amateurs de sports d'hiver, vous savez. Il faut dire que rien ne vaut les petits plats d'Elsie après une journée passée sur les pentes. Son pot-au-feu est une merveille. Et ses crêpes flambées, son chocolat chaud...

— Arrêtez. Je commence à regretter d'avoir raté la saison.

Tout en parlant, Taylor était venu s'allonger près d'elle. Mais elle se sentait trop euphorique pour s'en alarmer.

— Ne vous plaignez pas, vous arrivez à temps pour la tarte aux fraises, lui dit-elle en guise de consolation. Et vous pouvez toujours aller pêcher...

— Je préfère des sports plus... virils.

Il lui caressa distraitement le bras, et B.J. fit de son mieux pour ignorer le petit frisson causé par son geste. Elle réfléchit, sourcils froncés.

— Ma foi, on peut louer de bons chevaux à une vingtaine de kilomètres. On peut aussi louer des bateaux au club de Lake-side, et...

— Je ne pensais pas à ces sports là. C'est tout ce que vous avez à m'offrir?

Il l'attira brusquement, la fit basculer contre lui.

Ses bras se refermèrent autour d'elle. Elle plongea dans son regard tout proche, fascinée.

— Il y a la marche... murmura-t-elle d'une voix enrouée.

— Ah, la marche.

D'un mouvement souple, Taylor modifia leur position. Il l'allongea doucement sur le dos, se lova sur elle. Elle n'était plus qu'à demi consciente, sa lucidité lui échappait.

— Oui... la marche est un sport énergique. Il y a aussi la natation...

— Mmmm.

— Et le, euh... le camping. Des tas de gens adorent camper. Nous avons de grands parcs...

Elle ferma les yeux avec un petit gémissement parce que la bouche de Taylor venait de se poser au creux de sa gorge, effleurait son cou de baisers rapides.

— Et la chasse, peut-être? demanda-t-il sur le ton de la conversation, sans cesser de l'embrasser.

— Oui, oui. Que disiez-vous?

— Je parlais de chasse, répéta-t-il tout en glissant paresseusement la main sous le sweater de B.J.

— Il y a des lynx dans les montagnes du nord...

— Fascinant. Le syndicat d'initiative serait fier de vous.

Sa main se referma sur la rondeur satinée d'un sein. La jeune femme frissonna, envahie par une onde de chaleur.

— Taylor, chuchota-t-elle. Embrassez-moi.

— Vos désirs sont des ordres.

Il promena lentement ses lèvres sur les siennes, lui mordilla la bouche avant de la capturer dans un long baiser. B.J. l'attira contre elle pour le retenir, frémissant de la tête aux pieds, soulevée par une volupté aussi impérieuse qu'inattendue. Un instant, elle se laissa submerger par la découverte de cette sensualité nouvelle, et le temps s'arrêta. Taylor la caressait à présent; ses mains se promenaient sur son corps, le palpaient, d'abord avec douceur, puis avec une frénésie croissante. Elle devina, sous le contrôle apparent de l'homme, une force primitive contre laquelle elle était sans défense. Une espèce de panique traversa son esprit embrasé, elle tenta faiblement de lutter. La sentant se raidir, Taylor leva la tête et la regarda. Il respirait bruyamment.

— Je vous en prie, lâchez-moi, maintenant, implora-t-elle en se mordant la lèvre inférieure.

Un mélange de colère et de passion convulsa ses traits.

— Pourquoi diable le ferais-je?
— Je vous en prie!

Il la dévora du regard pendant ce qui lui sembla une éternité, scrutant ses grands yeux gris, s'attardant sur ses cheveux épars, sa bouche vulnérable. Peu à peu, la rancœur s'effaça de son visage. Il la relâcha en marmonnant un bref juron, puis il s'assit et alluma une cigarette.

— J'ai l'impression que les tresses vous conviennent encore mieux que je ne croyais, dit-il. La virginité est une denrée rare chez une femme de votre âge.

Les joues écarlates, B.J. se mit à rassembler les reliefs du pique-nique.

Elle le maudissait intérieurement d'avoir si vite retrouvé son sang-froid, alors qu'elle tremblait encore.

— Mais peu importe, reprit-il. Cela prendra un peu plus de temps, c'est tout.

Comme elle le regardait sans comprendre, il lui sourit et ajouta, tout en pliant la nappe :

— Je vous ai dit que je suis toujours vainqueur, B.J. Je ne connais pas l'échec. Autant vous faire à cette idée.

Elle bondit, hors d'elle.

— Ecoutez-moi bien, don Juan! Vous ne m'ajouterez jamais à la liste de vos conquêtes. *Jamais*! Ce qui vient de se passer n'était qu'un... n'était qu'un...

— Qu'un début, acheva-t-il pour elle. (Il se leva et la prit fermement par le bras.) A votre place, je me tiendrais tranquille, B.J. Si vous me poussez à bout, je suis capable de prendre de force ce que vous venez de m'offrir à l'instant – sans vous laisser le temps de réfléchir.

– Vous êtes...

– Ça suffit. Vous allez dire des choses que vous pourriez regretter. Et il lui planta un baiser sur la bouche, puis se pencha et saisit le panier. Trop interloquée pour réagir, B.J. se laissa docilement guider vers le chemin du retour.

Chapitre sept

En arrivant à l'auberge, B.J. n'avait qu'une envie : se cacher tout au fond d'une sombre tanière, tant elle se reprochait le plaisir éprouvé sous les caresses de Taylor, cet inexplicable élan de désir qui l'avait jetée, provocante et sensuelle, dans les bras du jeune homme. Jusqu'ici, elle n'avait eu aucun mal à contrôler un flirt ou à l'éviter. Mais elle était forcée d'admettre que dès que les mains de Taylor frôlaient son corps, son esprit cessait de fonctionner.

Pure réaction biologique, se convainquit-elle en l'observant à la dérobée. Aucune femme ne doit lui résister. Il a une façon de vous regarder à faire fondre un iceberg, une façon de vous caresser qui donne l'impression que personne ne l'a jamais fait auparavant. Seigneur! dire que *je lui ai demandé de m'embrasser*. Ses joues se colorèrent. Ce devait être le vin... Cette excuse tirée par les cheveux la réconforta presque...

— Je vais déposer ce panier dans la cuisine en passant par derrière, annonça-t-elle. Avez-vous besoin de moi pour autre chose?

— Intéressante question, répondit Taylor.

Elle haussa les épaules.

— Voulez-vous m'excuser? J'ai du travail.

Il lui laissa prendre le panier, mais la suivit comme un caniche. Un instant plus tard, comme elle s'apprêtait à regagner son bureau, il lui emboîta le pas de nouveau.

Il régnait une certaine agitation dans le hall. Une

jeune femme brune et élancée se tenait près de la réception, cernée d'un amoncellement de bagages. Un ensemble de soie bleu vif moulait ses courbes parfaites. Un parfum de gardénia flottait autour d'elle.

— Occupez-vous de mes valises, mon chou, et dites à M. Reynolds que je suis là, vous serez un amour!

Cette requête, prononcée d'une voix basse et vibrante, s'adressait à un Eddie médusé.

— Hello, Darla! Que faites-vous ici?
— Taylor!

La tête brune se retourna, et B.J. constata que les yeux de l'inconnue étaient presque du même bleu que son ravissant tailleur. Se déplaçant avec une grâce sinueuse sur ses talons démesurés, celle-ci vint se jeter dans les bras de Taylor et l'embrassa passionnément.

— J'arrive de Chicago, expliqua-t-elle. Tout se passe à merveille, là-bas. Je savais que vous aimeriez que je vienne jeter un coup d'œil sur ce petit établissement pour vous donner quelques idées.

Taylor se dégagea avec un sourire ironique.

— Vous êtes trop bonne. B.J., je vous présente Darla Trainor, décoratrice de la chaîne Reynolds. Darla, voici B.J. Clark, qui est justement directrice de cette auberge.

— Ça tombe bien. Bonjour!

Tapotant ses cheveux impeccablement laqués, elle jeta un regard apitoyé sur le sweater et le jean râpé de B.J. D'un imperceptible haussement d'épaules, elle désigna d'un geste vague les tapis et les lampes Tiffany du hall avant d'ajouter :

— A ce que je vois, je vais avoir beaucoup de travail.

B.J. bondit :
— Personne ne s'est plaint de notre décoration jusqu'ici.

— Vraiment? s'étonna Darla, un sourire condescendant jouant sur ses lèvres corail. Vous devez avoir une clientèle de vieux retraités, je suppose. (Elle reporta son attention sur Taylor.) Trésor, il faudra me dire si vous avez l'intention d'agrandir cette pièce. Je la vois très bien en rouge. Le rouge est tellement tonique. Une moquette et des draperies de velours pourpre, peut-être...

Les yeux de B.J. lancèrent des éclairs.

– Gardez vos satanées draperies pour...

Les mots s'étranglèrent dans sa gorge, car Taylor venait de lui serrer le bras comme dans un étau.

– Nous reprendrons cette discussion plus tard, dit-il d'un ton sans réplique. Darla doit avoir envie de se rafraîchir un peu.

La décoratrice, décontenancée par le brusque éclat de B.J., acquiesça aussitôt.

– Oui, bien sûr. Venez donc prendre un verre dans ma chambre, Taylor. Peut-on se faire monter quelque chose de frais dans cette pension de famille ?

– Bien sûr. Eddie, vous servirez deux martinis dans la chambre de Mlle Trainor, ordonna Taylor. A quel numéro, Darla ?

– Je ne le sais pas encore. (Elle se tourna vers Eddie, toujours pétrifié, avec un affriolant battement de cils.) Il semble qu'il y ait un léger problème de communication entre ce charmant jeune homme et moi.

– Eddie, donnez le trois cent quatorze à Mlle Trainor, et veillez à ce que ses bagages lui soient rapidement montés, intervint calmement B.J.

Au son familier de cette voix, Eddie émergea de sa transe et s'empressa d'obéir.

– J'espère que la chambre vous conviendra, mademoiselle, reprit la jeune femme avec son sourire le plus anonymement commercial. Si vous avez besoin de quoi que ce soit, n'hésitez pas à m'appeler.

Taylor la relâcha enfin en murmurant :

– Je vous parlerai tout à l'heure.

— Certainement, répondit-elle, soulagée de constater que son bras était toujours entier. Je reste à votre entière disposition, monsieur Reynolds. Bienvenue à *l'Auberge du Lac*, mademoiselle. Et bon séjour.

B.J. n'eut aucun mal à éviter Taylor le reste de la journée, car il passa le plus clair de son temps en compagnie de son ensorcelante collaboratrice, enfermé au trois cent quatorze pendant ce qui lui sembla une éternité. Piquée au vif, bien qu'elle refusât de se l'avouer, elle relança Howard au téléphone, afin de convenir d'un rendez-vous le lendemain soir. Mais cette mesquine revanche la laissait insatisfaite...

Elle choisit une robe d'un noir luisant, qui moulait amoureusement ses formes, caressant le galbe de ses jambes et retombant en un volant fluide autour de ses chevilles. L'échancrure puritaine du corsage, verrouillée jusqu'à la taille par une série de boutons de nacre, mettait en valeur son cou gracieux et la fermeté de ses seins ronds. Elle avait laissé ses cheveux flotter librement sur ses épaules comme un nuage blond. Un soupçon de rouge sur les lèvres et un peu de parfum derrière les oreilles, et elle descendit dans la salle à manger.

Taylor et Darla s'y trouvaient déjà, installés à une petite table intime et retirée. A contrecœur B.J. dut admettre qu'ils formaient un couple éblouissant. Darla portait un fourreau vermillon, généreusement décolleté sur ses seins crémeux. Le smoking noir de Taylor, admirablement coupé, soulignait la largeur de ses épaules. Ils sont faits l'un pour l'autre, soupira-t-elle amèrement.

A ce moment, Taylor l'aperçut et parut se figer. Puis il laissa errer lentement son regard, caressant chaque courbe de son corps, et elle soutint l'examen, la peau soudain brûlante. L'ayant contemplée tout son content, Taylor lui fit signe d'approcher d'un petit geste désinvolte et impérieux. Cette attitude cavalière choqua B.J. qui décida de prendre tout son temps, et s'attarda de table en table pour échanger quelques mots avec les clients. Lorsqu'elle rejoignit enfin Taylor et sa compagne, elle leur adressa son sourire le plus professionnel.

– Bonsoir. J'espère que le dîner vous a plu.

– C'était parfait comme toujours, répondit Taylor en se levant.

Il avança une chaise à son intention. B.J. jugea préférable de ne pas le contrarier : ses yeux lançaient des éclairs...

– Votre chambre vous plaît-elle, mademoiselle Trainor ? demanda-t-elle en s'asseyant.

– Ça peut aller, mademoiselle Clark. Mais je dois avouer que j'ai été plutôt anéantie par la décoration.

Comme elle allait répliquer, Taylor affirma d'autorité :

– Vous allez prendre un verre avec nous.

Il appela Dottie sans attendre son assentiment. B.J. leva les yeux vers la serveuse.

– La même chose que d'habitude, Dottie. (Evitant de préciser qu'il s'agissait en fait d'une simple limonade avec des glaçons, elle reporta son attention sur Darla.) Qu'y a-t-il donc de si déplaisant dans cette chambre, mademoiselle Trainor ? enchaîna-t-elle avec un intérêt poli.

– Vraiment, mademoiselle Clark ! s'écria Darla comme si la chose allait de soi. Cette chambre est terriblement... *provinciale*, vous ne trouvez pas ? Pour un amateur de brocante elle contient quelques meubles acceptables, et même de jolis objets, je l'avoue. Mais Taylor et moi avons toujours préféré l'approche moderne...

– Excusez-moi, fit B.J. sarcastique. Peut-être pourriez-vous m'expliquer ? Je ne suis qu'une pauvre fille de la campagne, vous savez.

Dottie posa son verre devant elle, et, présageant la tempête, s'éclipsa en toute hâte.

– Eh bien, pour commencer, poursuivit Darla,

l'éclairage est épouvantable. Ces lampes à abat-jour sont d'un démodé! Et il faudrait remplacer les vieux tapis persans par de la moquette. Quant à la salle de bain... Alors là, vraiment, la salle de bain! Une véritable catastrophe! (elle poussa un soupir et avala une gorgée de son champagne-cocktail.) Ces baignoires à griffes de loin, c'est bon pour le cinéma muet, pas pour l'hôtellerie!

La limonade eut du mal à passer.

– Nos clients leur trouvent pourtant un certain charme.

– Peut-être. Mais en modifiant la décoration, vous vous adresserez à une autre clientèle.

La belle décoratrice prit une cigarette et se pencha vers Taylor avec un battement de cils. Il s'empressa de la lui allumer. B.J. se tourna vers lui :

– Et vous, avez-vous une quelconque aversion contre les lampes à abat-jour et les baignoires sur pied?

– Elles conviennent à l'atmosphère de l'auberge, répondit-il sans se compromettre.

– En ce qui concerne les chambres, j'aurais peut-être moi aussi quelques suggestions à faire, mademoiselle Trainor, reprit B.J. à l'intention de Darla. Pourquoi ne pas mettre des miroirs au plafond? Cela donnerait une petite touche décadente, d'un chic fou, vous ne trouvez pas? Et puis, je vois très bien du chrome et du verre partout. Et de la moquette. Blanche! Oh, et le lit, ajouta-t-elle, comme saisie d'une nouvelle inspiration. Adorable! Un grand lit circulaire, avec un couvre-lit de satin capucine et des coussins fushia! Aimez-vous le capucine, Taylor? Et les miroirs au plafond?

Il se contenta de la fixer, la mâchoire durcie.

– Mademoiselle Clark, j'ai bien peur que vos goûts ne soient un tantinet vulgaire, observa Darla.

Elle feignit la surprise.

– Ah, bon? Cela vient sans doute de mon éducation rurale.

Sa colère monta d'un cran quand elle vit la décoratrice étreindre familièrement la main de Taylor.

— Quels que soient les changements que je vous propose, Taylor, je suis certaine que vous serez d'accord, susurra celle-ci. Naturellement, il me faudra prévoir un chantier plus long et plus important que d'habitude. Il y a tant à refaire, ici!

— En ce qui me concerne, vous pouvez prendre tout le temps que vous voudrez, déclara B.J. en se levant. En attendant, ne vous approchez surtout pas de mes salles de bains.

Elle s'éloigna dignement et faillit heurter Dottie qui tendait désespérément l'oreille à quelques pas de là, dissimulée derrière un pan de mur.

— Deux verres d'arsenic pour la table trois, lui murmura-t-elle. C'est la maison qui paie.

Dottie la regarda s'éloigner, les yeux ronds.

Après avoir avalé un sandwich debout dans la cuisine, B.J. regagna son bureau et, gommant de son esprit tous les Taylor et les Darla de la terre, se laissa absorber par son travail. Il était plus de dix heures lorsqu'elle en eut enfin terminé et qu'elle put regagner sa chambre.

Là, elle laissa éclater sa rancune. Je la hais, cette Darla Trainor, mon Dieu que je la hais! se dit-elle. Elle ne touchera pas à mon auberge. Elle n'avait qu'à fermer les yeux pour voir clairement la chambre occupée par Darla, avec son chiffonnier ancien qui faisait l'admiration des antiquaires de la région, sa tapisserie aux tons délicats, son parquet de chêne luisant. Comment une décoratrice digne de ce nom pouvait-elle mépriser tout cela? Chaque chambre de l'auberge était différente, possédait sa propre personnalité, ses trésors. Et que personne ne se mêle d'y changer quoi que ce soit! se répéta-t-elle une fois de plus. Mais avec cette femme dans les parages, la lutte contre Taylor promettait d'être plus rude encore.

Elle se mit à se brosser énergiquement les cheveux devant le miroir de sa commode, tout en poursuivant ses réflexions. Darla est tout autre chose pour lui qu'une simple employée, c'est évident. Il fallait voir ce baiser ridicule, en arrivant! Et puis ils ne sont pas restés des heures enfermés dans sa chambre à tricoter des napperons... Oh, et puis zut, après tout, je m'en fiche, conclut-elle avec un haussement d'épaules.

Elle posait sa brosse quand elle entendit une clé tourner dans la serrure. La porte s'ouvrit en grand et Taylor pénétra dans la pièce, un passe-partout à la main. Il remit celui-ci dans sa poche.

– Mais où vous croyez-vous? s'écria-t-elle, stupéfaite et furieuse. Qui vous a permis d'entrer, de violer mon intimité?

– Il semble que je me sois mal fait comprendre, tout à l'heure, laissa-t-il tomber sans s'émouvoir. Pour le moment, vous avez le droit de diriger l'auberge comme il vous plaît, et je ne désire pas empiéter sur vos prérogatives... C'est pourquoi je vous demande de ne pas empiéter sur les miennes, ajouta-t-il en avançant d'un pas. Darla Trainor est *mon* employée. Elle ne reçoit d'ordres que de moi.

B.J. reculait, reculait. Ses mains agrippèrent le rebord de la commode.

– Vous n'allez tout de même pas la laisser tout bouleverser! rétorqua-t-elle. Cette fille n'a aucun goût, elle est capable de causer des dégâts irrémédiables et...

Il l'arrêta en lui encerclant le cou de ses doigts, sans appuyer. Elle suffoqua, effrayée par la lueur qu'elle découvrait dans ses yeux.

– Ce que fera Darla ne regarde que moi. Gardez vos crises de nerfs pour vous jusqu'à nouvel ordre. Compris? Si vous intervenez, vous risquez de le payer cher. Est-ce clair?

– Limpide. Mademoiselle Trainor vous fascine, n'est-ce pas?

Il haussa le sourcil.

- Même si c'était vrai, cela ne vous regarde pas.

- Tout ce qui touche l'auberge me concerne, répliqua-t-elle. Je vous ai donné ma démission, et vous l'avez refusée. Maintenant, si vous voulez vous débarrasser de moi, il faudra me flanquer à la porte.

- Ne me tentez pas, dit-il en posant les doigts sur le premier bouton de son corsage. J'ai d'excellentes raisons pour vous garder près de moi, mais si vous persistez à agir grossièrement envers mes autres employés, je vous prends par l'oreille et je vous jette dehors.

- Je ne pensais pas que mademoiselle Trainor avait à ce point besoin d'être protégée contre moi.

L'humeur de Taylor parut changer d'un coup, il l'étudia d'un air amusé.

- Vraiment? Vous ne savez donc pas que vous êtes dangereuse, avec ces cheveux blonds, ces yeux où montent les fumées de l'enfer, cette bouche tentante? Il y a deux siècles, on vous aurait brûlée comme sorcière.

Tout en parlant, il s'était mis à dégrafer son corsage d'une main experte, passant du premier bouton au deuxième, puis au troisième. Paralysée, B.J. ne réagissait pas.

- Cette robe d'apparence si sage est d'un érotisme diabolique, poursuivit-il sans la quitter des yeux. Avez-vous fait exprès de la porter ce soir?

- Partez, je vous en prie, balbutia-t-elle. Je veux... Je veux que vous partiez.

- Menteuse, déclara-t-il tranquillement. Je vous défie de le répéter.

Sa main se glissa sous l'étoffe, caressa la peau tiède, se referma sur la rondeur d'un sein. B.J. frissonna. La pièce commençait à tanguer.

- Partez, répéta-t-elle.

- Votre corps dit le contraire, B.J.

Comme pour le lui prouver, il l'attira durement

contre lui, l'étreignit, posa ses lèvres sur les siennes. B.J. capitula aussitôt, emportée par la vague qui la submergeait. Elle s'accrocha à ses épaules, lui rendit son baiser avec ferveur. Une émotion proche de l'extase se mêlait en elle à une espèce de désespoir. En avouant ainsi le désir, le besoin criant qu'elle avait de lui, elle sentait qu'elle courait au-devant de quelque chose d'inévitable, d'un danger qu'elle était impuissante à combattre.

— Admettez-le, murmura-t-il en se penchant pour parcourir sa gorge d'une série de baisers brûlants. Admettez que vous avez envie de moi. Dites-moi que vous voulez que je reste.

Elle cacha son visage contre sa poitrine.

— Oui, oh! oui, chuchota-t-elle d'une voix tremblante. Je veux que vous restiez.

Elle le sentit tressaillir et leva la tête pour le regarder, des larmes tremblant au bord des paupières. Pendant une éternité, il contempla ses yeux lumineux, sa bouche. Elle n'avait qu'une envie : se blottir de nouveau contre lui encore et encore, et lui avouer son amour. Mais elle vit ses traits se durcir; et quand il parla, ce fut d'une voix froide et détachée qui la brûla comme un fouet.

— Eh bien, je crois que nous nous écartons du sujet. (Il recula, enfouit ses mains dans ses poches.) Me suis-je bien fait comprendre, tout à l'heure?

Elle secoua la tête, en pleine confusion, et porta fébrilement la main à son corsage en désordre.

— Taylor, je...

— Demain, reprit-il sur le même ton, j'exige que vous traitiez mademoiselle Trainor avec courtoisie, et que vous lui accordiez aide et coopération. Sachez qu'elle est ici mon invitée.

— Bien sûr, balbutia-t-elle, incapable de retenir ses larmes. Mademoiselle Trainor aura droit à tous mes égards. Je vous en donne ma parole. Et maintenant, allez-vous en, je vous en prie!

Incapable de contenir ses sanglots, elle tourna les

talons et courut s'enfermer à clé dans la salle de bains.

A peine une seconde plus tard, elle l'entendait cogner à la porte.

– B.J.! Ouvrez. Ouvrez tout de suite!
– Non! Laissez-moi, partez! Allez retrouver votre précieuse Darla et fichez-moi la paix. Vos ordres seront suivis à la lettre. Cela devrait vous suffire.

Pendant un moment, elle entendit Taylor aller et venir à travers la pièce tout en jurant entre ses dents. Puis la porte de la chambre claqua bruyamment. Elle se laissa alors glisser sur le carrelage et, la tête contre la baignoire, continua de pleurer un long, long moment.

Chapitre huit

Le soleil matinal inondait la chambre de B.J., qui fronçait les sourcils devant son miroir-confident. Celui-ci semblait lui reprocher sa conduite de la veille. Poussant un soupir résigné, elle boutonna son chemisier vert pâle à épaulettes, tout en protestant intérieurement. Je ne pouvais tout de même pas prévoir que j'allais tomber amoureuse de lui! Je ne voulais pas!

Elle se détourna pour enfiler une jupe de shantung grège et marmonna :

– Décidément, je me comporte avec lui comme si j'étais sous hypnose. Dès qu'il pose les mains sur moi, mon cerveau, mes réflexes se paralysent. Et dire que j'ai failli me donner à lui, alors que tout ce qu'il recherche, c'est une fille pour une nuit de plaisir! Comment ai-je pu être aussi stupide?

D'ailleurs, il n'a même pas voulu de moi, songea-t-elle amère et humiliée. Je suppose que Darla avait mieux à lui offrir.

Tout en faisant son autocritique, elle coiffait nerveusement ses cheveux en un chignon serré. Puis sa toilette accomplie, elle redressa les épaules et sortit de chez elle afin d'affronter les tâches qui l'attendaient.

Eddie lui apprit que Taylor était déjà enfermé dans son bureau, et que Darla n'avait pas encore quitté sa chambre. Elle fut parfaitement tranquille pendant le reste de la matinée.

L'heure du déjeuner la trouva au salon en train d'inventorier les réserves du bar, loin du brouhaha de la salle à manger. Le silence et la monotonie de son travail lui apaisaient les nerfs.

— Alors, voici le salon, susurra une voix.

Elle faillit renverser une bouteille de liqueur en se retournant brusquement. Darla s'avançait vers elle de sa démarche gracieuse, vêtue d'un élégant ensemble de lin blanc. Après avoir promené son regard sur les tables aux nappes immaculées, la piste de danse, le piano Steinway, elle caressa d'un doigt parfaitement manucuré le bois luisant du bar et laissa tomber :

— Plutôt sinistre, tout ça. Non ?

— Merci, répondit B. J. de son ton le plus courtois.

Darla se jucha sur un tabouret et posa son carnet devant elle.

— Préparez-moi un martini-gin, ordonna-t-elle.

B.J. ouvrit la bouche, une réplique acide sur le bout de la langue. Mais elle se rappela sa promesse à Taylor, et s'exécuta calmement.

— N'oubliez pas, mademoiselle Clark, reprit la jeune femme avec un petit sourire de triomphe, que je ne fais que mon travail. Mes critiques sont d'ordre professionnel et nullement dirigées contre vous.

B.J. poussa son verre de martini devant elle en serrant les dents.

— C'est sans doute vrai, admit-elle. Mais vous devez savoir que l'*Auberge du Lac* me touche de très près. Pour moi, c'est plus un foyer qu'un lieu de travail.

— En effet, Taylor m'a dit que vous étiez très attachée à ce petit établissement. Il trouve ça très amusant.

— Vraiment ? (S'apercevant que ses mains tremblaient, B.J. les dissimula derrière le bar.) Taylor a un drôle de sens de l'humour.

— Oh, quand on connaît Taylor comme je le connais, rien ne vous étonne de sa part... Il lui arrive même d'avoir recours à des méthodes, heu...

assez peu orthodoxes pour obtenir la coopération de certains membres de son personnel. En tout cas, il semble vous juger précieuse. Il dit que vous êtes... comment, déjà? extrêmement douée pour mettre les clients à l'aise.

— Je vois qu'il ne vous cache rien.

— Darling, Taylor et moi sommes beaucoup plus que des partenaires de travail. C'est pourquoi je ferme volontiers les yeux sur ses petites... distractions d'affaires.

— C'est trop d'indulgence, déclara B.J., sarcastique.

Darla acquiesça d'un hochement de tête.

— En effet. Je suis si indulgente que je vais vous donner un bon conseil. Quand vous êtes en face de Taylor Reynolds, ne vous laissez jamais dominer par vos émotions. Il déteste les complications sentimentales.

B.J. se raidit, songeant à ses larmes de la veille et à la réaction de Taylor.

— Je crois que nous sommes au moins d'accord sur ce point, mademoiselle Trainor.

— C'était un conseil d'amie, mademoiselle Clark. Le premier et le dernier. (La voix de Darla se durcit.) A partir de maintenant, gardez vos distances. Je ne permets à personne de chasser longtemps sur mon territoire.

— Est-ce que nous parlons toujours de Taylor? demanda B.J. Ou ai-je manqué une partie de la conversation?

Se penchant sur son tabouret, Darla la saisit par le bras avec une force insoupçonnée. Ses ongles s'incrustèrent dans la chair.

— Tâchez de suivre mon conseil. Si vous ne le faites pas, le prochain établissement que vous dirigerez sera un chenil.

— Otez votre main, dit B.J. d'une voix atone.

Darla la relâcha et lui adressa un aimable sourire.

— Du moment que nous nous comprenons.

Elle avala d'un trait le reste de son verre et reposa celui-ci devant elle. B.J. le fit aussitôt disparaître sous le comptoir.

– Les choses ne sauraient être plus claires, mademoiselle Trainor. Le bar est fermé.

Elle s'apprêtait à reprendre le compte de ses bouteilles – qu'elle connaissait déjà – quand la voix de Taylor la fit tressaillir.

– Mesdames, je ne m'attendais pas à vous trouver au bar à cette heure.

B.J. leva les yeux et le vit approcher. Il avait parlé d'un ton léger, mais la dévisageait fixement, l'air sérieux.

– J'étais venue prendre quelques notes, annonça Darla. (Elle effleura la main de Taylor d'une caresse que B.J. ne put s'empêcher de remarquer.) La seule chose qui me plaise, dans ce salon, c'est qu'il est vaste. On pourrait y loger facilement deux fois plus de tables. Bien sûr, il faudra me dire si vous voulez une ambiance feutrée ou plus d'avant-garde. Au fait, pourquoi pas les deux? Ce serait une bonne idée d'y aménager deux salons séparés, comme dans votre établissement de San Francisco.

Taylor murmura quelque chose d'un air absent, sans cesser de regarder B.J.

– Je crois que je vais aller jeter un coup d'œil sur la salle à manger, renchérit Darla. J'espère que tous ces gens ont fini de déjeuner... Voulez-vous m'accompagner, Taylor? proposa-t-elle d'une voix câline. Ainsi, vous pourrez m'expliquer les rénovations que vous envisagez...

– Hmm? fit Taylor en fronçant légèrement les sourcils. Non, inutile, je n'ai encore rien décidé. Mais allez-y, je vous en prie. Nous nous verrons plus tard.

L'espace d'une seconde, Darla parut désorientée. Mais elle se reprit.

– Bien sûr. Je viendrai vous soumettre mes notes dans votre bureau.

Elle s'éloigna, ses hauts talons résonnant sur le

plancher de bois, son parfum capiteux flottant derrière elle. Dès qu'elle fut hors de vue, B.J. tourna le dos au bar et entreprit de ranger des verres sur une étagère.

– Voulez-vous boire quelque chose? demanda-t-elle d'un ton neutre.

– Non. Je voudrais vous parler.

Elle souleva une bouteille et en examina soigneusement le contenu.

– Nous nous sommes déjà tout dit, il me semble.

– Non, B.J. Tournez-vous, s'il vous plaît. Je ne tiens pas à parler à votre dos.

– Très bien. Vous êtes le patron.

Une lueur de colère passa dans les yeux de Taylor.

– B.J., faites-vous exprès de me provoquer, ou est-ce un don naturel?

– Je n'en ai pas la moindre idée. Faites votre choix. (Une inspiration la frappa soudain.) Oh, Taylor, écoutez. C'est *moi* qui voudrais vous parler. J'aimerais vous acheter l'auberge. Elle ne représente rien pour vous. Et qui vous empêche d'aller construire un club de vacances selon vos goûts, un peu plus loin vers le sud? Si vous me laissiez un peu de temps, j'arriverais peut-être à réunir la somme nécessaire.

– Ne soyez pas ridicule! Où trouveriez-vous assez d'argent pour acheter un établissement tel que celui-ci?

Cette réponse abrupte refroidit un peu l'enthousiasme de B.J.

– Je ne sais pas, avoua-t-elle. J'en emprunterais une partie. Vous pourriez m'accorder des facilités de paiement. J'ai quelques économies...

– Non. Je n'ai pas l'intention de vendre.

Là-dessus, Taylor fit le tour du bar, franchissant la distance qui les séparait.

– Mais, Taylor...

– J'ai dit non. Laissez tomber.

– Pourquoi être si définitif? Prenez au moins le temps de réfléchir. Je...

– B.J., j'ai dit que je voulais vous parler. Pour le moment, je me moque de l'auberge.

Il la saisit par le bras, juste à l'endroit où l'empreinte des ongles de Darla se faisait encore sentir. B.J. poussa un cri de douleur et il la relâcha aussitôt.

Elle recula vivement, heurtant une rangée de verres qui tombèrent sur le sol et se brisèrent avec fracas.

– Qu'est-ce qui vous prend? interrogea Taylor en la voyant masser son poignet meurtri. Je vous ai à peine touchée. Ecoutez, B.J., je ne tolérerai pas de vous voir sauter comme un lapin mort de peur chaque fois que j'approche. Cessez de vous frotter comme ça!

Il écarta la main de B.J. et découvrit les marques de son bras. La confusion, l'étonnement envahirent son visage. Quand il leva les yeux vers elle, ils étaient assombris par une émotion qu'elle ne comprenait pas. Elle se contenta de lui rendre son regard, fascinée de constater que quelque chose venait d'ébranler son aplomb habituel.

– Mon Dieu! Mais je n'ai pas... je vous jure que je vous ai à peine touchée.

– Je le sais, rassurez-vous. Je m'étais blessée avant. Vous m'avez surprise en réveillant la douleur.

– Comment vous êtes-vous fait ça?

Il tenta d'examiner les marques de plus près, mais B.J. battit hâtivement en retraite.

– Je me suis heurtée à un obstacle, expliqua-t-elle en se baissant pour ramasser les tessons de verre épars.

– B.J., laissez-ça! ordonna Taylor. Vous allez vous couper.

A peine avait-il fini de parler qu'elle s'entaillait le pouce sur une arête effilée. Elle tressaillit à la vue du sang et, avec un petit gémissement de dégoût, rejeta le morceau de verre au milieu des autres.

– Qu'est-ce que je vous disais? Montrez-moi ça.

Il la releva malgré ses protestations, sortit un mouchoir immaculé de sa poche, et tamponna avec délicatesse le pouce ensanglanté.

– Ah! B.J. Je commence à croire qu'il va falloir que je vous tienne en laisse.

– Ce n'est rien, balbutia-t-elle, en tentant d'échapper au contact tiède de ses doigts.

Mais il refusa de la lâcher, porta son pouce à ses lèvres et y déposa un baiser avant de l'entortiller dans le mouchoir. Puis il la regarda et lui demanda doucement :

– Vous tenez vraiment à porter cette coiffure de vieille fille?

De sa main libre, il retira les épingles du sévère chignon de B.J., répandant une cascade dorée sur ses épaules. Il contempla ses joues roses, ses cheveux défaits, et un tendre sourire se joua sur ses lèvres. Le cœur de B.J. se serra.

– Je me demande parfois comment vous réussissez à me mettre en colère, murmura-t-il. En ce moment, vous avez l'air aussi piteuse qu'un chaton mouillé. Savez-vous que j'ai bien failli enfoncer la porte de votre salle de bains, hier soir? Vous auriez dû m'éviter le spectacle de vos larmes, B.J. Elles m'affectent d'une étrange façon.

Elle releva le menton, terrifiée à l'idée de recommencer.

– Je ne pleure jamais. Mais vous m'aviez poussée à bout.

– J'y suis allé un peu fort, en effet. J'en suis désolé.

Elle fut étonnée par son air sincère. Il se pencha pour effleurer sa bouche d'un baiser léger.

– Cela n'a plus d'importance, à présent, balbutia-t-elle, effrayée des sensations que ce simple geste déchaînait en elle.

– Alors, accordez-moi votre pardon. Acceptez de

dîner avec moi ce soir, dans ma chambre. Nous pourrons parler sans être dérangés.

B.J. secoua énergiquement la tête, sans laisser à ses lèvres le temps de formuler un refus.

— B.J., insista-t-il, pourquoi cherchez-vous toujours à me fuir? Vous ne m'échapperez pas, cette fois. Nous avons tant à nous dire! Vous savez que j'ai envie de vous, et...

— Ne prenez pas vos désirs pour des réalités, Taylor, répliqua-t-elle enfin. Je ne cherche pas à vous fuir. Il se trouve simplement que j'ai un rendez-vous, ce soir.

Il se glaça d'un coup et enfonça ses mains dans ses poches.

— Un rendez-vous? fit-il d'une voix dure.

— Mais oui, mon cher. Il me semble que j'ai le droit d'avoir une vie privée? Mon contrat de travail ne stipule pas que je doive rester à votre disposition vingt-quatre heures sur vingt-quatre... Du reste, je suis sûre que Mlle Trainor saura me remplacer avantageusement, ajouta-t-elle, mue par une fraîche bouffée de ressentiment.

— N'en doutez pas.

— Eh bien, tout va donc pour le mieux! s'écria B.J. blessée par sa réaction. Passez une bonne soirée, Taylor. Et maintenant, veuillez m'excuser, j'ai encore du travail.

Elle fut obligée de le frôler pour s'éloigner du bar, et il la retint au passage, l'obligeant à faire volte-face.

— Pas si vite.

Sa bouche se posa sur la sienne sans avertissement. Elle tenta futilement de serrer les lèvres, mais Taylor la saisit par les cheveux et les tira sans ménagement. Comme elle étouffait un cri de surprise et de douleur, il en profita pour envahir sa bouche, l'explorer, la caresser de sa langue. Elle frémit aussitôt de plaisir, mais juste au moment où elle abandonnait tout semblant de résistance, Taylor se dégagea, et ses mains descendirent se poser sur ses épaules.

— Est-ce tout? demanda-t-elle d'une voix rauque, en s'efforçant de soutenir son regard.

— Oh, non, B.J. Cela ne fait que commencer. (Elle se raidit, prête à affronter un nouvel assaut.) Mais pour l'instant... vous feriez mieux d'aller soigner ce doigt.

Trop furieuse pour répondre, elle s'élança hors de la pièce.

Jugeant que la cuisine lui offrirait une retraite plus tranquille à cette heure du jour, elle alla s'y réfugier sous le prétexte d'une bonne tasse de café.

— Qu'avez-vous donc à la main, mon petit poulet? demanda Elsie qui était en train de garnir un bataillon de tartelettes aux pommes.

— Une égratignure, marmonna B.J. en saisissant la cafetière.

— Vous devriez y mettre un peu d'alcool.

— Ah, non, ça pique.

Avec un claquement de langue, Elsie s'essuya les mains sur son tablier, puis alla fouiller dans un petit placard. Elle en sortit une bouteille d'alcool et une bandelette.

— Ne faites pas l'enfant, et asseyez-vous.

B.J. se laissa tomber sur une chaise.

— Je t'assure que ce n'est rien. Aïe! Bonté Divine, Elsie! Ça brûle!

Elsie finit de nouer la bandelette et hocha la tête d'un air satisfait.

— Là, c'est fini, n'y pensez plus.

Les coudes sur la table, le menton entre les mains, B.J. contemplait rêveusement sa tasse de café quand Elsie annonça soudain, en reniflant d'indignation :

— La fouineuse a essayé d'envahir ma cuisine.

— Qui? Oh, mademoiselle Trainor. (B.J. en oublia son pouce.) Et qu'est-il arrivé?

— Je l'ai fichue dehors, pardi.

— Ah, bon? gloussa B.J. Comment a-t-elle pris la chose?

— Plutôt mal. J'ai cru qu'elle allait exploser.

Le visage de B.J. s'épanouit en un sourire ravi. Epoussetant une traînée de farine sur son ample poitrine, Elsie reprit :

— Vous sortez avec Howard, ce soir?

— Oui, répondit B.J., sans même se demander comment cette information avait pu lui parvenir.

— Je ne comprends pas pourquoi vous perdez votre temps avec lui quand il y a M. Reynolds dans les parages.

— Ma foi, ça fait plaisir à Betty Jackson, et... (Elle s'arrêta et fronça les sourcils.) Qu'est-ce que Taylor... Qu'est-ce que M. Reynolds vient faire là-dedans?

— Je ne vois pas pourquoi vous sortez avec Howard Beall, alors que vous êtes amoureuse de Taylor Reynolds, déclara calmement Elsie.

B.J. avala une gorgée de café qui lui brûla la gorge.

— Je ne suis pas amoureuse de ce sale type, s'étrangla-t-elle.

— Mais si.

— Mais non! Qu'est-ce qui te permet de croire que tu es si maligne?

— Cinquante ans d'expérience, et le fait que je vous ai vue naître, répliqua Elsie.

— Blablabla.

— Ce serait bien, s'il vous épousait, poursuivit Elsie sans se démonter. Vous pourriez vous installer ici, et continuer à vous occuper de l'auberge.

B.J. la regarda un moment, bouche bée.

— Elsie, dit-elle enfin, si tu t'occupais plutôt de tes tartelettes? Comme diseuse de bonne aventure, tu ne vaux pas un clou. Taylor Reynolds n'a pas plus envie de m'épouser et de croupir ici que d'épouser un porc-épic et de s'installer en Terre de Feu. Je suis un peu trop mal dégrossie à son goût.

— Humph! fit Elsie en secouant la tête. En tout cas, il regarde beaucoup dans votre direction.
— Grâce à tes fameux cinquante ans d'expérience, tu connais certainement la différence entre une simple attraction physique et le désir de fonder une famille. Même dans notre petite ville arriérée, nous savons distinguer l'amour de la luxure.
— Mon Dieu, comme nous voilà grande et blasée! observa Elsie avec indulgence. Buvez donc votre café, et débarrassez-moi le plancher!

Je dois manquer d'autorité, décidément, songeait B.J. en se préparant pour son rendez-vous de la soirée. Même Elsie me traite comme un bébé. Il va falloir changer d'image de marque!

La brise pénétrait à travers sa fenêtre, gonflant les rideaux et charriant une odeur d'herbe fraîchement coupée.

Elle fouilla parmi sa garde-robe et en sortit un ensemble que sa grand-mère lui avait offert pour son anniversaire : un chemisier de soie blanche, au décolleté profond, qui révélait de façon provocante la rondeur de ses seins, et un pantalon de cuir noir qui lui moulait les hanches et épousait la forme de ses jambes comme une seconde peau. Ainsi vêtue, elle se tourna de tous côtés pour se contempler dans le miroir.

Ce n'est peut-être pas tout à fait mon style... c'est même à la limite du bon goût, se dit-elle. J'ai tout d'une vamp. Tant mieux! Je me demande comment Howard va réagir. Voyant surgir en imagination la bonne bouille débonnaire de Howard, elle gloussa irrésistiblement.

Howard avait des yeux de chien fidèle, un semblant de moustache qui s'accrochait à sa lèvre supérieure avec l'énergie du désespoir; il était privé de menton et son visage et son cou ne faisaient qu'un bloc de chair rose.

Mais cela ne l'empêchait pas d'être un brave

garçon, un homme simple, peu exigeant, et sans surprise.

Après avoir chaussé des sandales à hauts talons et pris son sac, B.J. descendit jusqu'au hall. Son espoir de se glisser dehors sans être vue pour attendre Howard s'évanouit devant l'apparition d'un Eddie frappé de panique.

— B.J.! Hé, B.J.!

Il traversa le hall à toute allure et réussit à lui barrer le passage au moment où elle atteignait la sortie.

— Eddie, si l'auberge est en flammes, vous me le direz demain. Pour le moment, on m'attend.

Eddie ne parut pas l'entendre.

— B.J. poursuivit-il hors d'haleine en lui agrippant le bras, Dottie a dit à Maggie que Mlle Trainor va redécorer l'auberge, et que M. Reynolds a l'intention de la transformer en un club de vacances avec un sauna dans chaque chambre et un casino illégal à l'arrière.

Horrifié, il s'accrochait à elle pour être rassuré; derrière le verre épais de ses lunettes, ses yeux avaient quelque chose d'implorant. Elle lui sourit.

— D'abord, M. Reynolds n'a pas l'intention de nous gratifier d'un casino illégal, dit-elle patiemment.

— Il en a un à Las Vegas, chuchota Eddie.

— Nous n'en sommes pas encore là, Eddie.

— Mais, B.J., Maggie dit que le salon va être refait en peluche rouge et or, avec des tableaux de femmes nues aux murs.

— C'est ridicule, Eddie. De la peluche et des femmes nues! M. Reynolds n'a encore rien décidé, mais je suis certaine qu'il ne nous infligera pas ça.

— Merci, dit la voix de Taylor derrière elle, la faisant tressaillir. Eddie, je crois que les sœurs Bodwin vous cherchent.

— Tout de suite, Monsieur.

Devenu écarlate, Eddie repartit comme une flèche, abandonnant B.J. à Taylor. Celui-ci l'examina soigneusement de pied en cap, une lueur mâle dans le regard. Il s'attarda plus longtemps que la simple délicatesse ne l'eût commandé sur la pointe de son décolleté, puis déclara :

— Eh bien, dites donc. J'espère que votre cavalier n'est pas un vieillard cardiaque.

Sur le point de répliquer, elle se ravisa, et pirouetta devant lui, ses cheveux blonds dansant autour de ses épaules.

— Vous aimez? demanda-t-elle suavement.

— En d'autres circonstances, j'aurais trouvé ça séduisant, répondit-il sèchement.

Ravie de constater qu'il semblait blanc de fureur, B.J. lui donna une petite tape désinvolte sur la joue et ondula vers la porte.

— Bonne nuit, Taylor. Ne veillez pas trop tard, s'écria-t-elle en effectuant une sortie triomphante.

La réaction d'Howard se révéla encore plus spectaculaire. A sa vue il déglutit, cligna des yeux et bégaya quelque chose d'inaudible. Dans sa voiture, tandis qu'ils roulaient vers la ville, il ne cessait d'observer B.J. à la dérobée, comme s'il avait du mal à croire à sa présence.

Les rues de Lakeside baignaient déjà dans une douce torpeur de début de soirée. Çà et là, quelques fenêtres commençaient à luire comme les yeux d'un chat à travers une semi-pénombre. Au bout de la grande avenue, où se trouvait le cinéma, une certaine activité semblait régner. Une enseigne au néon dont une des lettres était tombée depuis six mois, clignotait sur le bleu gris du ciel.

— Je me demande quand M. Jarvis va se décider à réparer ça, dit la jeune femme en descendant de voiture.

La réponse d'Howard fut couverte par un claquement de portière. Il la prit par le bras d'un air possessif, ce qui l'étonna un peu, et l'entraîna dans le cinéma.

Le film avait commencé depuis une heure environ, lorsque B.J. s'avisa qu'Howard n'était pas dans son état normal : il ne se jetait pas sur son pop-corn avec sa voracité habituelle, et ne s'agitait pas comme une guêpe sur le genre de siège rembourré de noyaux de pêches qu'offrait le *Plazza*. Ecroulé, l'œil vitreux, il semblait dans une sorte de coma. B.J. lui caressa la main avec sollicitude.

– Howard. (Il sauta au plafond comme si elle venait de le pincer.) Howard, ça ne va pas?

Sa surprise se transforma en stupeur horrifiée quand il se rua sur elle, faisant voler son pop-corn pour lui écraser la bouche avec autant de maladresse que de passion. Jusqu'ici, toutes ses avances s'étaient limitées à une étreinte fraternelle sur le seuil de l'auberge. Mais en entendant quelques ricanements au fond de la salle, B.J. se dégagea de son enlacement de boa, et repoussa sa poitrine grasse.

– Howard, voyons, soyez raisonnable!

Il se leva, la saisit brutalement par le bras pour la mettre debout, et l'entraîna hors du cinéma comme une poupée de chiffon.

– Howard, avez-vous perdu l'esprit?

– Je ne pouvais plus supporter d'être enfermé là-dedans, répondit-il en la laissant retomber sur le siège avant de sa voiture. J'étouffais, avec toute cette foule.

B.J. souffla sur une mèche de cheveux qui lui retombait sur l'œil.

– Quelle foule? Enfin, Howard, il n'y avait pas plus d'une vingtaine de spectateurs! (Elle lui palpa le front.) Vous avez de la fièvre. Vous feriez mieux de rentrer chez vous, je vais demander à quelqu'un d'autre de me raccompagner.

– Non! s'écria-t-il avec véhémence.

Mal à l'aise, elle lui lança un long regard de

défiance... Bien qu'il fît trop sombre pour l'affirmer, Howard avait tout l'air de se concentrer sur la conduite, l'œil innocemment fixé sur la route en lacets. Elle aperçut bientôt les lumières de l'auberge.

Soudain, Howard arrêta la voiture au bord d'un fossé, se tourna vers elle et l'étreignit à nouveau en haletant. Seule la surprise empêcha B.J. de le repousser avec colère.

– Arrêtez! Arrêtez, Howard! Ma parole, qu'est-ce qui vous prend?

La bouche d'Howard trouva la sienne, et cette fois, son baiser n'était ni fraternel, ni maladroit.

– B.J... Vous êtes si belle... grogna-t-il tandis que sa main s'égarait dans le décolleté du chemisier.

– Howard Beall, vous vous conduisez comme un gamin! s'écria B.J. en l'écartant de toutes ses forces. (Elle saisit la poignée de la portière.) Vous allez rentrer chez vous immédiatement, prendre une douche froide et vous mettre au lit.

– Mais, B.J...

– Je parle sérieusement.

Elle ouvrit la portière, sauta à terre et remit de l'ordre dans ses cheveux et ses vêtements.

– Et maintenant, je retourne à l'auberge avant que vous ne vous transformiez encore en Dracula, reprit-elle. Et si votre tante n'entend pas parler de cette crise de folie vous pourrez vous estimer heureux.

Elle le fusilla du regard et s'éloigna à pied en direction de l'auberge.

Dix minutes plus tard et un kilomètre plus loin, B.J. arrivait au seuil de l'auberge, hors d'haleine, ses chaussures à la main, et maudissant le sexe masculin depuis Adam, sans exception. Les arbres bruissaient dans un souffle, au clair de lune, et une chouette hululait au-dessus de sa tête. Mais B.J. n'était pas d'humeur à apprécier ces fêtes nocturnes

de la nature. Elle leva sur l'oiseau un regard noir.
- La ferme! lui cria-t-elle.
- Mais je n'avais rien dit! répliqua une voix.

Elle sursauta, effrayée. Taylor surgit de l'ombre, lorgnant ses pieds nus.

- Vous faites de la randonnée, à cette heure? reprit-il. Curieuse idée.
- Très drôle, marmonna-t-elle.

Elle réussit à s'éloigner de deux pas, mais il la retint par le poignet.

- Alors, que s'est-il passé? Votre petit ami n'avait plus d'essence?

S'apercevant qu'elle avait lâché ses chaussures dans sa frayeur, elle scrutait le sol autour d'elle.

- Ecoutez, fichez-moi la paix, voulez-vous? Je viens de courir un marathon, après avoir échappé à un obsédé sexuel.

Taylor resserra son étreinte et se pencha pour l'examiner de plus près.

- Vous a-t-il fait du mal, B.J.?
- Bien sûr que non. (Elle poussa un soupir exaspéré.) Howard ne ferait pas de mal à une mouche. Je ne sais pas ce qui lui a pris. Il ne s'est jamais conduit comme cela auparavant.
- Etes-vous innocente à ce point?

Comme elle le regardait d'un air perplexe, Taylor la prit par les épaules et la secoua légèrement.

- Réveillez-vous, B.J.! Regardez-vous. Vous avez dû mettre ce pauvre gars dans tous ses états.
- Ne faites pas de roman, voulez-vous! Howard me connaît depuis toujours. Il ne s'est jamais comporté comme cela. Une crise de « délirium » peut-être? Quand je pense que j'allais déjà ramasser des champignons avec lui à l'âge de dix ans!
- Quelqu'un a-t-il pris la peine de vous dire que vous n'avez plus dix ans?

Quelque chose, dans le son de sa voix, lui fit lever les yeux pour le regarder. Elle sentit ses genoux trembler. Au-dessus de leurs têtes, une lune pâle brillait dans le ciel étoilé. Quelque part, un oiseau de nuit fit entendre un appel plaintif qui se répercuta dans le silence.

B.J. se retrouva soudain dans les bras de Taylor. Elle se haussa sur la pointe des pieds pour lui offrir ses lèvres, avec un petit soupir qui se fondit dans les murmures du vent. Taylor l'écrasa contre lui, ses mains lui caressèrent le dos, les hanches. Dès cet instant, elle sut qu'elle lui appartenait. Son cœur abolit le passé, l'avenir. Ils ne formaient à présent qu'un seul corps, une seule chair, un seul plaisir. Elle gémit quand il l'embrassa, agrippant sa chevelure pour mieux le retenir contre elle.

Soudés l'un à l'autre, ils devinrent insensibles aux petits bruits de la nuit, aux chuchotements du vent, au chant des cigales. Soudain, les portes de l'auberge s'ouvrirent en grand, les baignant d'un flot de lumière.

– Oh! Taylor, je vous attendais.

B.J. se dégagea vivement en apercevant Darla sur le perron. Celle-ci portait un déshabillé vaporeux de dentelle noire qui mettait en valeur la blancheur crémeuse de sa peau. Ses cheveux aile de corbeau encadraient d'un casque lisse l'ovale parfait de son visage.

– Vous m'attendiez? demanda Taylor d'un ton brusque. Pourquoi donc?

Darla fit la moue et haussa les épaules.

– Taylor, darling, ne soyez pas ours.

Furieuse et humiliée, B.J. se pencha pour cueillir ses chaussures. Taylor lui prit le bras.

– Où allez-vous?

– Dans ma chambre, l'informa-t-elle le plus calmement possible. Il semble que vous ayez d'autres engagements pour la soirée...

– Attendez une minute.

– Lâchez-moi. Je me suis assez débattue pour aujourd'hui.

Taylor resserra un instant son étreinte et marmonna :

– J'ai envie de vous tordre le cou.

Puis il la relâcha comme si le fait de la toucher lui répugnait.

B.J. gravit les marches du perron sans prendre la peine de se chausser. Darla la regarda passer avec un sourire de jubilation.

Chapitre neuf

B.J. avait emporté quelques dossiers dans sa chambre : elle voulait y travailler en paix, loin de la présence obsédante de Taylor. Installée devant son secrétaire, elle s'absorba dans sa tâche et chassa toute autre préoccupation de son esprit. La pluie qui dégoulinait tristement sur ses carreaux était en parfaite harmonie avec sa mélancolie et sa nervosité. Dehors, de gros nuages gris roulaient, se cabraient, combattaient la lumière du jour.

La porte s'ouvrit, et elle leva les yeux. C'était Taylor.

– Vous vous cachez?

A son expression, elle devina que son humeur ne s'était guère améliorée depuis leur séparation de la veille. Elle se rebella instinctivement.

– Non. Je trouve simplement plus pratique de travailler dans ma chambre pendant que vous occupez mon bureau. De plus, je n'apprécie toujours pas que vous fassiez irruption chez moi sans prévenir!

– Je vois. (Il la dominait de toute sa hauteur. Elle se sentit tout à coup recroquevillée et insignifiante.) Darla m'a appris que vous avez eu une altercation toutes deux, hier au bar.

B.J. ouvrit de grands yeux, ayant du mal à croire que Darla ait si volontiers évoqué devant lui la scène désagréable qui les avaient opposées.

– Vous étiez pourtant prévenue, B.J.! Tant que Darla séjournera à l'auberge, vous devez la traiter avec la même courtoisie que les autres clients. Davantage, s'il est possible.

— Pardon ? fit B.J., de plus en plus étonnée. Je suis sans doute un peu demeurée, mais je ne comprends pas.

— Elle m'a dit que vous vous êtes montrée d'une grossièreté insultante, que vous avez émis certains commentaires sur les relations qui pouvaient exister entre elle et moi, refusé de lui servir à boire, et conseillé au personnel de l'envoyer promener.

— Ah, vraiment ?

Le regard de B.J. noircit de rage. Elle reposa soigneusement son stylo et se leva, malgré la proximité de Taylor. Les mains dans les poches de son jean, elle se campa devant lui.

— C'est curieux comme deux sons de cloches peuvent être différents, articula-t-elle.

— Si vous avez une autre version à me donner, je vous écoute.

— Que vous êtes généreux! Ainsi le condamné a droit à une petite protestation d'innocence ?

Elle allait et venait d'un pas haché, se demandant si, oui ou non, elle lui révélerait l'exactitude des faits. Finalement, son orgueil l'emporta sur son désir de s'innocenter aux yeux de Taylor.

— Non merci, Votre Honneur, dit-elle. Vous pouvez penser tout ce que vous voulez.

Taylor la prit par les épaules pour l'obliger à rester immobile.

— B.J., pourquoi faut-il que vous me provoquiez ainsi à tout bout de champ ?

— Et vous, pourquoi suis-je devenue votre souffre-douleur « maison » ? rétorqua-t-elle. Pourquoi suis-je sans cesse obligée de me justifier ? Je suis fatiguée d'expliquer le moindre de mes mouvements, d'essayer de m'adapter à vos humeurs. D'une minute à l'autre, je ne sais jamais si vous allez m'embrasser ou me jeter dehors avec mon balluchon! Vous me démontrez sans cesse que je suis incompétente, naïve, stupide. Je n'avais jamais eu cette impression auparavant, et je trouve ça très désagréable.

Les mots jaillissaient de ses lèvres en un torrent

impétueux, tandis que Taylor se contentait de la regarder avec une attention polie.

– Et j'en ai par-dessus la tête de votre inestimable Darla. J'en ai assez de l'entendre critiquer les moindres détails de l'auberge, de la voir me regarder sous le nez comme si j'étais tout juste bonne à mâcher de la paille. Je suis peut-être naïve, mais pas aveugle, figurez-vous. Je sais très bien que vous vous servez de moi comme appât pour flatter votre orgueil de mâle, pendant qu'elle se balade à moitié nue, ne demandant qu'à réchauffer votre lit. Et... Oh, et puis j'en ai assez de tout ça!

La sonnerie stridente du téléphone l'interrompit à temps. Arrachant le combiné, elle aboya :

– Qu'est-ce que c'est? Non, tout va bien, Eddie. Qu'est-ce qu'il y a? (Elle s'arrêta et écouta un instant, tout en passant sa nuque raidie du bout des doigts.) Oui, il est là. C'est pour vous, ajouta-t-elle en tendant le téléphone à Taylor. Un certain Paul Bailey.

Il prit l'appareil en silence, sans la quitter des yeux. Comme elle s'apprêtait à sortir, il la retint.

– Restez ici, ordonna-t-il.

Elle acquiesça d'un hochement de tête, et il la relâcha. Elle se posta devant la fenêtre.

La conversation téléphonique de Taylor consista surtout en monosyllabes que B.J. écouta distraitement. Peu à peu, sa colère tombait. Eh bien, les jeux sont faits! songea-t-elle. A l'heure qu'il est, j'en ai déjà assez dit pour récolter ce job dans un chenil dont Darla m'a menacée. Seigneur! J'aimerais tant pouvoir le détester! Elle appuya son front sur la vitre fraîche et poussa un soupir résigné.

– B.J.!

Elle se retourna. Taylor reposait le combiné.

– Faites vos bagages, dit-il simplement en s'approchant de la porte.

Elle ferma un instant les yeux. Le couperet était tombé! Il la chassait. Mais peut-être cela valait-il mieux? Elle n'aurait plus aucun rapport avec lui désormais, même comme employée. Dans un brouillard elle l'entendit alors ajouter :

– Emportez assez de vêtements pour trois jours.

– Excusez-moi, je n'ai pas compris, fit-elle, en pleine confusion.

– Et soyez prête dans un quart d'heure. (Taylor la regarda en fronçant les sourcils, puis son expression s'adoucit.) Voyons, B.J., vous n'avez pas cru que je vous flanquais à la porte? Accordez-moi un peu plus d'élégance que cela, tout de même. Ce coup de téléphone venait du directeur d'un de mes établissements. Il y a un petit problème que je dois régler sur place. Vous m'accompagnez.

B.J. porta la main à sa tempe, à la fois soulagée et dépassée par les événements.

– Je... Je vous accompagne? Mais pourquoi?

– D'abord, parce que c'est un ordre. (Il avait croisé les bras sur sa poitrine et repris son ton autoritaire.) Ensuite, parce que j'aime que mes collaborateurs soient bien informés, et c'est une excellente occasion pour vous de sortir de votre cambrousse et de voir vos confrères au travail dans mes autres hôtels.

– Mais je ne peux pas partir comme ça, à l'improviste! protesta B.J. tandis que son cerveau tentait désespérément de s'adapter aux événements. Qui va s'occuper de l'auberge?

– Eddie. Il est temps qu'il prenne quelques responsabilités. Vous le « maternez » trop. Ce n'est plus un petit garçon! Dans cette maison, tout le monde compte un peu trop sur vous, d'ailleurs.

– Mais nous avons cinq nouvelles réservations pour le week-end et...

– Soyez en bas dans dix minutes, B.J., ordonna-t-il en jetant un coup d'œil sur sa montre. Si vous n'arrêtez pas de jacasser vous n'emporterez que les vêtements que vous avez sur le dos.

Sachant à l'avance que toutes ses objections seraient vaines, B.J. s'efforça de ne pas penser aux effets que ce voyage en compagnie de Taylor pour-

rait avoir sur son système nerveux. Elle objecta faiblement :
— Vous ne m'avez même pas dit où nous allions! Je ne sais pas si je dois emporter un bikini ou un passe-montagne!

Taylor posa la main sur la poignée de la porte.
— Prenez plutôt le bikini, répondit-il en souriant. Nous allons à Palm Beach!

B.J. n'était pas au bout de ses surprises. Quelques minutes plus tard, Taylor interrompait le flot d'ultimes recommandations qu'elle déversait sur le pauvre Eddie pour l'entraîner vers sa voiture, sous la pluie battante. Pendant le trajet vers l'aéroport, elle récapitula mentalement tous les désastres et catastrophes naturelles susceptibles d'accabler l'auberge durant son absence. Comme elle ouvrait la bouche pour en parler à Taylor, il lui jeta un tel regard qu'elle préféra souffrir en silence.

A l'aéroport les attendait le jet personnel de Taylor. Elle se figea devant l'appareil.
— B.J., ne restez pas là. Vous allez être trempée! s'écria Taylor en s'emparant de leurs bagages. Allez-y, montez!
— Taylor, il faut que je vous avoue quelque chose. J'ai peur de l'avion.
— Aucune importance, affirma-t-il avec désinvolture. Je suis là.

Elle le suivit sans enthousiasme sur la passerelle et pénétra derrière lui dans la cabine.
— Taylor, je parle sérieusement.
— Vous avez le mal de l'air? Prenez une pilule.
— Non. Ce n'est pas ça. (Elle avala péniblement sa salive.) La peur me paralyse de la tête aux pieds. Un jour, une hôtesse m'a enfermée dans un placard pour que je ne sème pas la panique chez les autres passagers.

Taylor se mit à rire et lui ébouriffa les cheveux, répandant une averse de gouttelettes.

— Ainsi, j'ai découvert votre point faible. De quoi avez-vous peur?
— Principalement, de m'écraser au sol.
— Allons bon! Tout se passe dans votre tête.

Vexée par son ironie, elle se détourna pour observer l'intérieur de l'appareil.

— On se croirait plutôt dans un studio de célibataire que dans un avion, dit-elle en caressant un siège de cuir brun.

Puis elle ajouta entre ses dents :
— J'ai bien le droit de paniquer. Tout le monde a ses phobies.
— Mais certainement, approuva Taylor qui semblait avoir du mal à maîtriser sa gaîté.
— Vous ne trouverez pas ça aussi drôle, tout à l'heure, quand je m'effondrerai sur la moquette en gémissant.
— Eh bien, je connais des tas de moyens de vous réconforter.

Il se pencha vers elle, s'abîma un moment dans ses grands yeux gris. Elle se raidit, aussitôt sur la défensive.

— B.J., est-ce qu'on ne pourrait pas oublier nos petits désaccords? Au moins pendant le voyage.

Il avait parlé d'une voix douce et persuasive, et elle baissa les yeux sur les boutons de sa chemise.

— Ma foi, je...
— Une trêve? suggéra-t-il en lui relevant le menton. Avec négociations à suivre?

Il lui offrit son sourire le plus désarmant, ce sourire auquel elle se savait incapable de résister.

— D'accord, Taylor, murmura-t-elle, en lui souriant en retour.

Satisfait, il lui déposa un chaste baiser sur le front.

— Alors, asseyez-vous et bouclez votre ceinture.

Dès qu'ils furent installés, il s'efforça de la détendre en racontant une foule d'anecdotes avec animation. La tension de B.J. s'apaisait peu à peu, comme par miracle. Elle se dénoua vraiment tandis que l'appareil prenait de l'altitude. Pour la première fois, sa peur était vaincue.

B.J. dévala la passerelle de l'avion et regarda autour d'elle.
— Que c'est plat! s'écria-t-elle. Et comme il fait beau!

Taylor l'entraîna en riant vers une somptueuse Porsche noire. Il échangea quelques mots avec l'employé qui lui remit les clés de la voiture, invita B.J. à s'asseoir à ses côtés, prit le volant et démarra.

La voiture s'élança sur une route bordée de palmiers. B.J. ne disait mot, subjuguée par le paysage. Le sable blanc, la végétation aux couleurs éclatantes lui semblaient si éloignés de son environnement familier qu'elle avait l'impression de pénétrer dans un nouvel univers. L'océan étincelait sous un soleil aveuglant. Des hôtels luxueux se dressaient le long des plages. Ils arrivèrent bientôt en vue d'un immense bâtiment blanc, surplombant l'Atlantique de douze étages, au sommet duquel se détachaient les lettres « TR ». Taylor s'engagea dans une vaste allée centrale et arrêta la voiture devant une entrée semi-circulaire, flanquée de palmiers et de plantes tropicales. Une pelouse parfaitement entretenue s'étalait autour d'eux.

— Nous y sommes, dit-il simplement en ouvrant la portière de B.J.

Elle le suivit dans le hall de l'hôtel et s'émerveilla, comme une enfant. La lumière y pénétrait à flots à travers de hautes baies transparentes faisant jouer des reflets irisés sur le sol dallé de larges pierres irrégulières. Au milieu du hall, une fontaine nichée dans un jardin de rocaille ruisselait, éclaboussant un fouillis luxuriant de fougères et de plantes vertes. Le tout dégageait une impression de luxe et d'espace illimité. Quelle différence avec l'intimité sereine et douillette de *l'Auberge du Lac!*, songea B.J.

– Ah! monsieur Reynolds. Heureux de vous revoir.

Ses réflexions furent interrompues par l'apparition d'un homme mince et bien vêtu, au visage bronzé et aux cheveux grisonnants. Taylor lui serra la main.

– Bonjour, Paul! B.J., je vous présente Paul Bailey, le directeur. Paul, voici B.J. Clark.

– Enchanté, mademoiselle Clark.

Avec un sourire d'une blancheur hollywoodienne, Paul Bailey enveloppa la petite main de B.J. dans une étreinte chaleureuse, tout en la jaugeant du coin de l'œil. Elle lui adressa un sourire timide en retour.

– Occupez-vous de nos bagages, Paul, reprit Taylor. Je vais monter installer mademoiselle Clark, et je reviendrai vous dire un mot.

– Certainement. Tout est prêt. (Le directeur lui tendit une clé.) Désirez-vous autre chose?

– Pas pour le moment. Et vous, B.J.?

Encore perdue dans sa contemplation extatique, elle sursauta.

– Pardon?

– Paul demandait si vous aviez besoin de quelque chose, répéta Taylor en repoussant une boucle blonde qui lui retombait sur la joue.

– Oh... non, rien. Merci.

Taylor lui prit la main pour la conduire vers un des trois ascenseurs. La cage de verre les propulsa jusqu'au dernier étage, au-dessus de la jungle du hall.

En sortant de l'ascenseur, ils longèrent un couloir. Le jeune homme ouvrit la porte d'une suite et s'effaça pour laisser passer B.J. Elle traversa un vaste salon tapissé d'une épaisse moquette ivoire, s'approcha d'une immense baie vitrée et contempla, d'une hauteur vertigineuse, la plage de sable fin qui allait se perdre dans le bleu de l'océan. Au loin, elle pouvait apercevoir l'écume tourbillonnante des vagues, au-dessus desquelles les mouettes effectuaient des cercles gracieux.

– Quelle vue incroyable! J'ai presque envie de sauter du balcon.

Se retournant, elle surprit le regard de Taylor fixé sur elle. Son expression restait indéchiffrable.

– C'est merveilleux... ajouta-t-elle pour briser le silence.

Elle alla caresser la surface luisante d'un bar d'ébène et se demanda si Darla était responsable de la décoration des lieux. Dans ce cas, bien qu'il lui en coûtât de l'admettre, celle-ci avait fait du bon travail.

– Voulez-vous boire quelque chose?

Il appuya sur un bouton et, derrière le bar, un pan de mur coulissa, révélant des rangées de bouteilles et de verres.

– Très impressionnant, sourit-elle en s'accoudant au bar. Un peu de limonade fera l'affaire.

– Avec de la glace, je suppose. Comme d'habitude.

On frappa à la porte.

– Entrez! cria-t-il.

Un chasseur en uniforme noir et blanc se présenta, apportant leurs bagages. Il jeta un regard curieux du côté de B.J. et celle-ci, mal à l'aise, se sentit rougir.

– C'est bon, laissez ça là, ordonna Taylor.

Le chasseur accepta le pourboire qu'il lui tendait, puis disparut en refermant la porte avec un ostensible respect.

B.J. baissa les yeux sur les bagages. Son sac de voyage en toile écrue paraissait bien misérable à côté de la superbe valise de cuir gris de Taylor. Elle reposa son verre.

– Pourquoi n'a-t-il pas emporté mon sac dans ma chambre? demanda-t-elle.

– Il vient de le faire, dit calmement Taylor en se servant une rasade de whisky.

B.J. regarda autour d'elle, perplexe.

— Mais je croyais que nous étions dans votre suite.

— En effet.

— Mais vous avez dit... (Elle s'arrêta, et rougit de plus belle.) Vous ne pensez tout de même pas que je vais... que je vais...

— B.J., vous bégayez, observa Taylor qui semblait s'amuser.

— Vous m'avez demandé de vous accompagner afin de me « dégrossir » un peu en me montrant vos hôtels. Mais il n'a jamais été question de...

— B.J., vous devriez apprendre à aller jusqu'au bout de vos phrases.

Le regard de B.J. vira au gris foncé.

— Je ne dormirai pas avec vous! C'est hors de question, déclara-t-elle d'une voix ferme.

— Personne ne vous l'a demandé, fit-il en avalant paresseusement une gorgée de whisky. Cette suite comporte deux chambres tout à fait confortables. Je suis sûr que la vôtre vous plaira.

— Je ne veux pas habiter ici, avec vous. Tout le monde va penser que je suis... que nous sommes...

— Décidément, vous n'avez jamais été plus incohérente. (Son ton moqueur irrita B.J. au delà de toute expression.) De toute façon, ajouta-t-il, imperturbable, votre réputation est déjà irrémédiablement compromise par le simple fait de voyager avec moi. On nous croit tout naturellement amants. Mais comme nous savons qu'il n'en est rien, vous et moi, cela n'a aucune importance... Bien entendu, si vous désirez transformer cette rumeur en réalité, je ferai un effort pour me laisser séduire...

— Oh! s'étrangla-t-elle. Vous êtes l'homme le plus insupportable, le plus...

— Mais si vous me criez des horreurs, vous aurez beaucoup de mal à me faire tomber dans vos filets.

Comme elle restait sans voix, il lui tapota les cheveux d'un petit geste paternel qui la mit au bord de la crise de nerfs, et demanda d'une voix mielleuse :

– Eh bien, B.J.? On a peur de ne pas pouvoir résister à la tentation?

– Ah! non alors! aboya-t-elle. Espèce de...

– Alors, tout est réglé, affirma Taylor en lampant sa dernière gorgée de whisky. Toutefois, au cas où vous craindriez pour votre vertu, je vous signale qu'il y a un verrou très solide sur la porte de votre chambre. C'est la deuxième à gauche, au bout de ce couloir. (Il lui indiqua la porte du doigt.) Maintenant, si vous voulez m'excuser, je vais aller voir Bailey. En attendant, pourquoi ne pas vous changer et prendre un peu de soleil, sur la plage?

Là-dessus, il disparut avant qu'elle n'ait eu le temps de trouver quelque chose à répondre.

Ce ne fut qu'en commençant à déballer ses vêtements que B.J. trouva une douzaine de répliques aussi incisives que cuisantes qu'elle aurait pu lui lancer un instant auparavant. Elle récupéra cependant très vite sa lucidité. Après tout, elle n'avait pas tous les jours l'occasion de vivre dans un tel luxe. Autant en profiter. Et puis, cette suite était assez spacieuse pour les contenir tous les deux. Elle enfila un petit short de toile et un débardeur vert cru, décida de remettre à plus tard le rangement de ses affaires et se rendit à la plage.

En chemin, elle constata une fois de plus que les architectes de Taylor avaient tiré le maximum des exubérances de la nature pour offrir aux clients de l'hôtel un paysage de rêve, sur fond d'océan, de ciel bleu et de verdure. Après avoir longé l'immense piscine réservée aux amateurs d'eau douce, elle passa devant une série de courts de tennis bordés de palmiers et de buissons fleuris, et déboucha enfin sur la plage privée de l'établissement.

Les chevilles dans l'eau, elle déambula paresseusement le long du rivage. Puis, s'immobilisant un moment devant l'océan, elle leva la main pour se protéger du soleil et contempla le mouvement incessant des vagues.

— Hello! fit une voix derrière elle.

Elle se retourna en clignant des yeux et ne distingua d'abord qu'un sourire éblouissant sur une face bronzée.

— Bonjour! répondit-elle avec prudence.

Un grand jeune homme au corps musclé se tenait devant elle. Il avait un visage séduisant, couronné d'une masse de cheveux bouclés, décolorés par le soleil. Il était en short, la poitrine nue, sa chemise négligemment jetée par-dessus l'épaule.

— Vous allez vous baigner? demanda-t-il.

— Pas aujourd'hui, dit B.J. en rebroussant chemin.

Le jeune homme lui emboîta le pas.

— C'est curieux. D'habitude, les clients de l'hôtel sautent dans l'océan dès leur arrivée.

— Comment savez-vous que je viens d'arriver?

— Je le sais parce que je ne vous ai jamais vue. Si tel était le cas, croyez-moi, je ne vous aurais pas oubliée. (Il la détailla sans en perdre un pouce, une petite lueur effrontée dans le regard). Et parce que vous avez encore une peau de pêche, au lieu de ressembler à une langouste fraîchement cuite.

— A ce compte-là, je dirais que vous avez dû arriver il y a longtemps, répliqua B.J. devant le hâle cuivré de sa poitrine.

— Deux ans, avoua-t-il avec un sourire désarmant. Je suis le moniteur de tennis. Je m'appelle Chad Hardy.

— Heureuse de vous connaître, Chad. Comment se fait-il qu'il n'y ait personne sur les courts?

— C'est mon jour de congé. Mais si vous voulez une leçon privée, je peux vous arranger ça.

— Non, merci!

Ils étaient arrivés devant l'hôtel. Comme B.J. se détournait, le bel athlète la retint par l'épaule, l'obligeant gentiment à lui faire face.

— Alors, on pourrait peut-être dîner ensemble, ce soir ?
— Je ne pense pas.
— Et que diriez-vous de prendre un verre ?
— Non, désolée. Il est encore trop tôt.
— J'attendrai.
Elle secoua la tête en riant et dégagea sa main.
— C'est toujours non, mais j'admire votre ténacité. Au revoir, monsieur Hardy.
— Appelez-moi Chad. Et demain ? Petit déjeuner, déjeuner, week-end à Las Vegas ?
Désarmée par tant d'humour, B.J. se mit à rire de plus belle.
— J'ai l'impression que vous n'aurez aucun mal à trouver une compagne, dit-elle.
— Je m'en donne déjà beaucoup pour persuader celle que je veux, rétorqua-t-il. Si vous étiez charitable, vous auriez pitié de moi.
Levant les bras au ciel, elle capitula.
— Bon, vous avez gagné ! J'accepte volontiers un jus d'orange.
Quelques instants plus tard, ils étaient attablés près de la piscine, sous un grand parasol. En regardant B.J. siroter son jus d'orange, Chad observa :
— A cette heure-ci, la plupart des gens sont en train de se débarrasser du sable qui leur colle à la peau et de se changer pour le dîner.
— Tout juste, répondit-elle. C'est pourquoi je ne vais pas m'attarder. (Elle montra du geste le décor de palmiers et de fleurs.) Vous devez trouver agréable de travailler ici.
— Oui, je l'admets. J'aime bien mon job, le soleil, et... les petits à-côtés...
Tout en parlant, il avait avancé la main et capturé la sienne, sur la table. B.J. se laissa faire, craignant de paraître ridicule en se débattant.
— Combien de temps comptez-vous rester ici ? poursuivit-il.

— Un jour ou deux. Je ne suis pas en vacances. Mon séjour a plutôt quelque chose d'improvisé.

— Buvons aux séjours improvisés! s'écria-t-il en lui portant un toast.

Il émanait de lui tant de charme et d'ingénuité, tant de chaleur communicative que B.J. ne put s'empêcher de lui adresser un lumineux sourire. A ce moment-là, une voix retentit derrière elle.

— B.J.! Je vous cherchais.

Elle se retourna. Taylor venait d'apparaître, les sourcils froncés. Son regard se posa sur Chad, puis sur leurs mains réunies, avant de revenir au visage de B.J. Elle se sentit tout à coup curieusement coupable.

— Hello, Taylor, balbutia-t-elle. Votre entretien avec monsieur Bailey est terminé? Heu, voici Chad Hardy.

— Je sais. Hello, Hardy.

Le jeune homme se souleva légèrement de son siège.

— Bonjour, monsieur Reynolds. J'ignorais que vous étiez ici.

— Eh bien, maintenant, vous le savez, répondit Taylor sans cesser de fixer sur B.J. un regard chargé de colère. Quand vous aurez fini, reprit-il à l'intention de celle-ci, je vous suggère d'aller vous changer pour dîner. Je ne pense pas que vous puissiez vous présenter dans la salle à manger ainsi attifée.

Là-dessus, il inclina sèchement la tête, tourna les talons et s'éloigna.

Dès qu'il fut hors de vue, Chad lâcha la main de B.J. et se renversa sur son siège pour l'étudier avec une curiosité toute neuve.

— Bigre, murmura-t-il enfin. Vous auriez dû m'avouer que vous étiez la dame du grand homme. Je tiens à mon emploi.

B.J. ouvrit la bouche et la referma deux fois de suite. Au troisième essai, elle articula :

— Je ne suis la « dame » de personne.

— Alors, vous devriez le lui dire, fit Chad en

souriant malicieusement. Il n'a pas l'air de le savoir. (Il poussa un soupir exagéré.) Dommage. Vous aviez éveillé en moi des fantasmes intéressants. Mais je ne veux pas m'aventurer en terrain dangereux.

Il se leva et lui adressa un petit salut amical.

– Si jamais vous revenez toute seule, n'oubliez pas de me faire signe !

Chapitre dix

B.J. réintégra la suite dans un état voisin de la transe hystérique et se dirigea tout droit vers la porte de la chambre de Taylor qu'elle martela de son poing fermé.

– Vous me cherchez?

Elle se retourna, interdite. Nonchalamment appuyé sur le seuil de la salle de bains, il portait pour tout vêtement une serviette vert bronze autour des reins. Ses cheveux mouillés retombaient sur son front.

– Oui, je... (Elle s'arrêta, déglutit.) Oui, répéta-t-elle plus fermement. Je tiens à vous dire que je n'aime pas beaucoup ce qui vient de se passer. Vous avez délibérément fait croire à Chad que j'étais votre... votre...

– Maîtresse? suggéra-t-il.

L'œil de B.J. lança des éclairs.

– Il a employé un terme plus subtil, mais cela revient au même! (Oubliant la tenue de Taylor et le fin duvet noir qui couvrait sa poitrine nue, elle s'approcha jusqu'à le toucher.) Vous me provoquez en public, et je ne le tolérerai pas.

– Ah, vraiment? A la vitesse avec laquelle Hardy vous a mis le grappin dessus, vous donnez plutôt l'impression d'être une proie facile. Je me vois donc contraint de me transformer en ange gardien.

Emportée par sa rancune, B.J. ne prit pas garde au ton menaçant de sa voix.

– Trouvez quelqu'un d'autre à qui offrir vos services! s'écria-t-elle.

– Ne croyez pas ça! affirma-t-il avec un sourire suffisant qui la mit hors d'elle. Je vais précisément m'employer à convaincre Hardy et les autres types qui auraient des vues sur vous, que vous êtes mon esclave bien-aimée, dévouée jusqu'à la mort. Au fond, vous devriez m'être reconnaissante.

– *Reconnaissante?* glapit-elle. Votre esclave? Je dois rêver!

La main de Taylor se referma sur son poignet avec la vitesse de l'éclair. Il lui ramena le bras derrière le dos, et elle se retrouva écrasée contre sa poitrine. Comme elle tentait de se dégager, il resserra son étreinte d'acier.

– Ne bougez pas, dit-il d'une voix dangereusement égale. Vous risquez de vous blesser. Ainsi B.J., c'en est fini de notre traité de paix? Les hostilités recommencent?

– C'est vous qui avez commencé!

– Vraiment? murmura-t-il en se penchant pour effleurer sa bouche de la sienne.

L'onde de désir familière la submergea aussitôt, et elle s'abandonna sans contrainte au vertige de ses sens. Taylor relâcha son poignet, caressa son dos nu. Elle lui enlaça le cou et ferma les yeux, sombra dans un monde de tiédeur veloutée... Il la repoussa brusquement.

– Allez vous changer! ordonna-t-il en ouvrant la porte de sa chambre.

– Taylor...

– Allez vous changer! cria-t-il.

Elle recula, effrayée par la violence de sa réaction, tandis qu'il claquait la porte derrière lui.

En se retirant dans sa chambre, B.J. tenta de mettre de l'ordre dans ses sentiments. Blessure d'amour-propre? Colère? Souffrance? Elle n'aurait su le dire.

Le ciel de l'aube passa lentement du bleu sombre au gris, puis au jaune pâle. Les étoiles s'éteignirent une à une, la lune s'effaça le soleil apparut enfin.

Après sa nuit d'insomnie, B.J. fut soulagée d'avoir à se lever.

La veille ils avaient dîné comme deux étrangers dans l'élégante salle de restaurant de l'hôtel. Là, Taylor n'avait été qu'indifférence glacée et courtoisie impersonnelle... Elle en avait souffert plus que de ses brusques accès de colère. Sitôt le repas terminé, elle avait prétexté la fatigue pour se glisser dans sa chambre.

Taylor était rentré très tard. Elle avait entendu sa clé tourner dans la serrure, et le bruit étouffé de ses pas dans le couloir. Il s'était longuement arrêté devant sa porte. Elle avait retenu son souffle, craignant qu'il ne la devine éveillée derrière la cloison. Mais il s'était enfin retiré dans sa chambre – et elle avait relâché sa poitrine oppressée.

Mais à présent, elle se sentait lasse, rompue, en proie à un vague sentiment de perte et de chagrin. Elle se savait amoureuse de Taylor, sans espoir. Mieux valait tenter de l'oublier.

Elle enfila son bikini, puis en peignoir de bain, sortit de la chambre sur la pointe des pieds. La baie vitrée du salon l'attira aussitôt. Avec un soupir de plaisir, elle observa la naissance du jour. A l'horizon, le soleil teintait l'océan et le ciel de flamboyantes lueurs rouges.

– C'est superbe, n'est-ce pas? dit la voix de Taylor.

Elle sursauta et, en se retournant, faillit le heurter. La moquette avait étouffé le bruit de ses pas. Il n'était vêtu que d'un simple short en jean, effrangé aux cuisses. Sa présence si proche la bouleversa.

– C'est... si beau, balbutia-t-elle sans savoir ce qu'elle disait. Il n'y a rien de plus émouvant qu'un lever de soleil.

– Déjà debout? Vous avez bien dormi?

Elle haussa les épaules en guise de réponse, préférant ne pas mentir.

– J'avais envie de descendre me baigner avant que la plage ne soit noire de monde.

Il l'obligea à relever le menton, scrutant son visage avec son intensité habituelle.

– Vous avez des cernes sous les yeux, observa-t-il. (Son front se rida d'une ligne soucieuse.) Je ne vous ai jamais vue aussi fatiguée. D'habitude, vous débordez d'une espèce de vitalité intérieure qui semble s'alimenter d'elle-même. Et ce matin, vous voilà toute pâle et fragile. Où donc est passé le garçon manqué qui jouait si bien au base-ball?

– Je... C'est sans doute une question de dépaysement. La première nuit dans une chambre étrangère est toujours agitée...

– Vraiment? Vous êtes une créature généreuse, B.J. Vous me croyez incapable de vous faire des excuses, n'est-ce pas? Eh bien, j'en fais.

Conquise par son sourire, elle sentit sa lassitude s'évanouir.

– Taylor, lança-t-elle tout à trac, j'aimerais... j'aimerais que nous soyons amis.

Le sourire de Taylor s'élargit.

– Amis? répéta-t-il. Oh! B.J., vous êtes délicieuse, mais un peu lente, parfois. (Il porta ses deux mains à ses lèvres et les baisa tour à tour.) D'accord, camarade. Allons nous baigner!

A l'exception d'un vol de mouettes, la plage était déserte. Déjà, l'atmosphère commençait à tiédir. B.J. regarda autour d'elle, ravie.

– Il n'y a pas un chat!

– Vous n'avez pas l'air d'aimer la foule.

– Pas vraiment, avoua-t-elle en haussant ses épaules nues. Je préfère les relations entre individus. J'aime bien savoir qui sont les gens à qui j'ai affaire, quels sont leurs rêves, leurs projets, leurs besoins. J'aime essayer de résoudre leurs petits problèmes.

– C'est un trait de caractère qui vous rend très précieuse.

B.J. rosit de plaisir. Le compliment la touchait si visiblement, que Taylor ne put s'empêcher de rire. Il lui ébouriffa les cheveux.

— Je parie que j'arrive dans l'eau avant vous! dit-il.

Elle le détailla un instant de bas en haut, parut réfléchir et secoua la tête.

— Vous avez un avantage sur moi. Vous êtes beaucoup plus grand.

— Vous oubliez que je vous ai vue courir. (Son regard s'attarda sur les jambes de B.J.) Et pour une petite femme, vous avez des jambes très longues.

— D'accord! s'écria-t-elle brusquement.

Elle s'élança sans plus attendre, sous son regard éberlué, fila sur le sable comme un zèbre et plongea la tête la première. Puis elle s'éloigna à longues brassées.

Un instant plus tard, deux mains se refermaient autour de sa taille. Elle se dégagea en riant — pour être aussitôt rattrapée et submergée d'une poussée.

— Arrêtez, Taylor! hoqueta-t-elle en refaisant surface. Vous allez me noyer.

Taylor réussit à l'attirer contre lui.

— Ce n'est pourtant pas mon intention, observa-t-il. Mais si vous ne cessez pas de gigoter, nous allons nous noyer tous les deux.

Elle se détendit et se laissa flotter entre ses bras, dans un doux clapotis d'eau fraîche. Peu à peu, cependant, le sentiment de douce quiétude qu'elle éprouvait s'altéra : elle eut soudain conscience de l'épaule de Taylor contre sa joue, de ses jambes mêlées aux siennes, de son étreinte autour de sa taille. Elle ne résista pas lorsqu'il se mit à lui mordiller l'oreille, à lui embrasser le cou. Bientôt, leurs bouches se joignirent.

Elle entr'ouvrit avidement les lèvres, mais le baiser de Taylor restait tendre et gentil, tout de passion retenue. Sa main se glissa aisément sous la barrière du soutien-gorge, traça la courbe de son sein. Bercée par le remous, étourdie par la chaleur du soleil ascendant, B.J. sombra dans une espèce de torpeur. Elle aurait voulu flotter ainsi à jamais, dans les bras de Taylor. Un frisson de plaisir la parcourut.

— Vous avez froid, dit-il en la relâchant. Venez. Nous allons nous étendre au soleil.

La magie du moment s'évanouit. Ils regagnèrent tous deux le rivage en nageant côte à côte.

Taylor s'allongea paresseusement sur le sable tandis qu'elle se séchait les cheveux. Elle évita de regarder son visage, son grand corps mince et musclé ruisselant de gouttelettes.

Au fond, je n'ai pas été dupe une seconde, songea-t-elle. J'ai toujours su ce qui allait se passer, dès le début. Mais c'est plus fort que moi, je ne peux pas lutter, m'empêcher de l'aimer. Mais lui, que peut-il bien me trouver? Quand on a une Darla aussi sophistiquée dans sa vie... Mon inexpérience, peut-être, ou ce petit côté « fille de la campagne saine et sportive » ? Je suppose que je l'amuse et l'excite à la fois. Oh! je donnerais n'importe quoi pour éviter de souffrir autant!

Assise près de lui, les genoux ramassés contre sa poitrine, elle contemplait rêveusement l'horizon, accablée par la révélation qui venait de se faire jour en elle. Pour le moment, Taylor, comme un chat sournois, se jouait d'elle. Mais tous deux savaient fort bien que la reddition de la souris était imminente...

— Vous êtes bien songeuse, observa-t-il soudain.

Elle tourna la tête et rencontra ses yeux. Une vague d'amour la submergea. D'un bond, elle se remit sur pied, afin de s'ébrouer de sa tendresse, comme on époussette du sable...

— Je meurs de faim! s'écria-t-elle. Vous n'allez pas m'offrir un petit déjeuner? Après tout, j'ai gagné la course!

— Eh bien, vous ne manquez pas d'audace!

Il se leva à son tour et la regarda enfiler son peignoir de bain. Puis il se pencha pour ramasser leurs serviettes.

— Mais enfin! insista-t-elle. Vous ne niez tout de même pas que j'ai gagné?

— En principe, c'est le vainqueur qui paie!

Taylor lui tendit en souriant une main que B.J. prit après une brève hésitation.

— Bon. Vous aimez les cornflakes? demanda-t-elle.

— Pas du tout!

— C'est que mes fonds sont assez limités, voyez-vous. On m'a traînée en Floride sans cérémonie. J'ai été victime d'un rapt!

Il la lâcha pour lui enserrer amicalement les épaules.

— On vous fera peut-être crédit!

B.J. vécut une matinée euphorique, au cours de laquelle Taylor se comporta avec la plus exquise gentillesse. Il lui fit visiter l'hôtel, dont ils traversèrent le salon bleu et argent, arpentèrent au pas de course les gigantesques cuisines aux ustensiles rutilants, et s'attardèrent devant les élégantes boutiques du hall. Dans la salle de jeux, Taylor lui fournit une inépuisable réserve de monnaie, tout en la regardant avec attendrissement s'acharner sur les machines à sous.

— Vous finirez par me ruiner, remarqua-t-il comme elle tendait la main pour recevoir une autre pièce. C'est curieux. Tout à l'heure, vous avez refusé cette robe que j'aurais tant aimé vous offrir dans la boutique. Elle vous plaisait pourtant? Et maintenant, vous dilapidez ma fortune dans ces satanées machines. Pourquoi?

B.J. haussa les épaules et glissa la pièce dans la fente.

— Ce n'est pas la même chose, répondit-elle distraitement. Avez-vous résolu votre problème?

— Quel problème?

— Celui que vous étiez venu régler.

— Oh! Oui, tout se passe bien.

Elle abaissa le levier de la machine. Celle-ci émit une série de crépitements métalliques, puis se tut.

— Horreur! J'ai encore perdu.

— Venez, dit Taylor en l'entraînant. Allons déjeuner avant que je ne sois contraint de me déclarer en faillite.

Sur la terrasse ensoleillée dominant la piscine, ils savourèrent une quiche lorraine arrosée de chablis. Une poignée de clients s'ébattaient dans l'eau claire. B.J. observa les baigneurs et les corps étendus au soleil, puis son regard se porta au loin, vers la plage, avant de revenir à Taylor. Il avait les yeux fixés sur elle, un petit sourire secret au coin des lèvres. Elle avala une gorgée de chablis pour masquer sa confusion, et demanda, soudain inquiète :

— J'ai du sable sur le nez? Mon visage vous rappelle quelqu'un?

— Non. J'aime bien vous regarder, c'est tout. Vos yeux changent tout le temps de couleur. Ils sont tantôt d'un gris charbonneux, tantôt bleus comme une eau profonde. Vous êtes incroyablement belle, B.J.

Devant son embarras, il lui baisa le bout des doigts en riant.

— Mais il ne faudra pas que je vous le répète trop souvent. Vous finiriez par en être convaincue, et par perdre cet air innocent qui fait tout votre charme.

Il l'obligea à se lever et ajouta :

— Vous allez faire un tour à notre *Club de Santé*. Cela vous permettra de faire mieux connaissance avec l'hôtel.

— D'accord, mais...

— Je donnerai des instructions pour qu'on vous fasse subir le traitement complet, interrompit-il. Et quand je vous retrouverai vers sept heures, pour dîner, je ne veux plus voir de cernes sous vos yeux.

B.J. fut transférée d'autorité de la tutelle de

Taylor à celle d'une petite femme brune et énergique au corps parfait, vêtue d'une blouse blanche. Trois heures durant, elle allait être successivement échaudée et réfrigérée, plongée dans un bain tourbillonnant d'algues marines, abreuvée de jus de légumes, cinglée de jets de vapeur, triturée, malaxée. Sa première impulsion avait été de récupérer ses vêtements et de prendre ses jambes à son cou sans demander son reste. Mais en découvrant qu'on les lui avait soigneusement cachés, elle se soumit de bonne grâce. Elle s'aperçut bientôt que toutes les tensions qu'elle avait accumulées à son insu la quittaient, la laissant merveilleusement reposée et sereine.

A présent, allongée à plat ventre sur une table, elle ronronnait de béatitude sous les mains robustes d'une masseuse, tout en laissant son esprit vagabonder dans une semi-inconscience. La conversation des deux femmes qui, un peu plus loin, subissaient le même traitement, lui parvint confusément.

— Oui, je l'ai rencontré il y a deux ans, au cours de son premier séjour ici... tellement séduisant... un merveilleux parti... Tout cet argent, vous vous rendez compte... L'empire Reynolds...

En entendant prononcer le nom de Reynolds, B.J. ouvrit un œil et dressa l'oreille. La femme avait un fin visage couronné de cheveux auburn, coupés court. Etouffant un bâillement, celle-ci reprit :

— Je me demande par quel miracle aucune fille n'a encore réussi à lui mettre le grappin dessus.

Son interlocutrice, une grande brune, lui adressa un sourire las :

— Darling, je suis certaine que des tas ont essayé. Il doit aimer ça, du reste. Un play-boy ne se lasse jamais de l'adulation de ses conquêtes...

— Je lui accorde volontiers la mienne.

— Est-ce que vous avez vu sa nouvelle petite amie ? Je l'ai aperçue hier, et de nouveau aujourd'hui, près de la piscine.

— Mmm. J'étais là quand ils sont arrivés, mais c'est surtout lui que je regardais. Une blonde, je crois?

— Oui. Mais si vous voulez mon avis, je ne crois pas que cette couleur de blé mûr soit un don de la nature.

A la première réaction outragée de B.J., succéda bien vite l'amusement. Bon, se dit-elle, si je dois être la maîtresse imaginaire de Taylor, autant écouter l'opinion du bon peuple là-dessus.

— Vous croyez qu'il va mordre à l'hameçon, cette fois? interrogea la femme auburn. Qui diable est cette fille?

— C'est précisément ce que j'ai l'intention de découvrir, répondit la brune. J'ai déjà appris qu'elle s'appelle B.J. Clark, vous parlez d'un nom! Cela m'a coûté vingt dollars. En dehors de ce maigre renseignement, même ce cher Paul Bailey ne sait rien d'elle. Il semble qu'elle ait brusquement surgi du néant. Ici, personne ne l'a jamais vue. (Elle haussa ses belles épaules bronzées.) En tout cas, il est évident qu'il la dévore des yeux. Il y a de quoi mourir d'envie.

B.J. fronça un sourcil sceptique.

— Je suppose qu'il la trouve irrésistible, poursuivit la femme brune. Avec cette masse de cheveux blonds et ces grands yeux gris... Enfin, soyons honnêtes, elle est plutôt « gentillette ». Dans le genre fraîcheur et santé, si vous voyez ce que je veux dire...

B.J. se redressa sur les coudes et leur adressa un large sourire.

— Merci! s'écria-t-elle d'une voix sonore.

Puis elle reprit sa position, tête baissée, sans cesser de sourire malicieusement dans le silence pesant qui venait d'envahir la pièce.

Chapitre onze

En sortant du *Club de Santé*, B.J. voyait la vie en rose; aussi décida-t-elle de faire une folie, et, pénétrant d'un pas allègre dans une des boutiques du hall, appela une vendeuse en lui désignant la robe de lamé argent qu'elle et Taylor avaient tant admirée le matin même. Un instant plus tard, à sa grande surprise, la vendeuse refusait son chèque. M. Reynolds, qui avait laissé des instructions précises, disait-elle, se chargerait de régler personnellement tout achat effectué par Mlle Clark.

B.J. tenta d'insister, sans succès. Finalement, elle quitta la boutique, **son carton** sous le bras – en se jurant de résoudre **plus** tard la question financière.

Une fois dans sa chambre, elle réfléchit.

Si elle devait donner l'image d'une créature mystérieuse surgie de nulle part, autant y mettre du sien. Ce soir, un coup de baguette magique allait la transformer en inaccessible et vaporeuse beauté exotique. Pour commencer, elle allait prendre un bain de mousse digne d'une star, bain pour le moins superflu après le traitement de choc qu'elle avait subi au *Club de Santé*, mais il ne fallait reculer devant aucun sacrifice.

Elle venait à peine de glisser dans l'eau tiède et parfumée que la porte de la salle de bains s'ouvrit.

– Ah! vous êtes là, dit Taylor. Vous vous êtes bien amusée?

– Encore vous! s'écria-t-elle en se recroquevillant au fond de la baignoire. Je suis dans mon bain!

– Rassurez-vous, je ne vois rien avec toutes ces bulles. Vous voulez boire quelque chose?

Se rappelant qu'elle avait un nouveau rôle à jouer, B.J. maîtrisa sa nervosité.

– Bonne idée! fit-elle avec un battement de cils. Un verre de sherry me ferait plaisir, si cela ne vous ennuie pas.

L'expression interloquée de Taylor lui procura une intense jubilation.

– Mais certainement. Je vous l'apporte tout de suite.

Il se retira, laissant la porte ouverte. B.J. pria le ciel pour que la mousse ne se dissolve pas sans lui laisser l'occasion de sortir de l'eau et d'enfiler un peignoir. Taylor réapparut.

– Tenez, dit-il en lui tendant un verre rempli de liquide ambré.

Elle avala une gorgée de sherry et feignit de soupirer d'aise.

– Mmm. Délicieux. Merci, Taylor. Si vous avez besoin de la salle de bains, je n'en ai que pour une minute.

– Non, non, je vous en prie. Prenez votre temps.

Il ressortit, en fermant cette fois la porte derrière lui. B.J. respira, soulagée. Puis elle jaillit hors du bain et alla vider le reste de son verre dans le lavabo.

B.J. se posta devant le miroir de sa chambre et s'inspecta pendant cinq bonnes minutes. La robe de lamé argent était une merveille d'élégance et de discrète provocation. Deux drapés assez lâches, soutenus par de fines bretelles, se croisaient sur ses seins. Le dos était entièrement nu. La jupe, longue et fluide, fendue jusqu'à mi-cuisse, la moulait à partir de la taille et épousait le galbe de ses hanches.

B.J. avait ramassé la masse de ses cheveux blonds en un chignon vaporeux d'où s'échappaient quelques mèches plus claires qui lui auréolaient doucement le visage. Elle s'était à peine maquillée.

L'étrangère qui la contemplait dans le miroir avait quelque chose d'intimidant. Entre cette femme superbe, à l'allure voluptueuse et la petite B.J. Clark joueuse de base-ball, se dressait une barrière difficile à franchir. B.J. savait qu'elle n'était pas, qu'elle ne serait jamais vraiment cette femme-là; mais la situation ne manquait pas de piquant, songeait-elle.

Elle entendit frapper à la porte et la voix de Taylor s'éleva, la tirant de sa rêverie.

— B.J., vous êtes prête?
— Une seconde, j'arrive!

Elle adressa un dernier sourire à son image et ajouta dans un murmure :

— Idiote, ce n'est qu'une robe.

Taylor, qui préparait les cocktails dans le salon, suspendit son geste en la voyant entrer. Elle hésita. Il reposa lentement la bouteille qu'il tenait à la main, porta sa cigarette à ses lèvres et en tira une bouffée sans cesser de la contempler.

— Alors, vous vous êtes décidée à l'acheter, observa-t-il enfin.

— Oui. (Elle reprit un semblant d'assurance et s'approcha de lui.) Si je dois être perdue de réputation, j'ai pensé qu'il me fallait une garde-robe à la hauteur.

— Voudriez-vous m'expliquer?

Une lueur de malice dans l'œil, elle accepta le verre qu'il lui tendait, et qu'elle reposa aussitôt sur le bar.

— Oh! Taylor! J'ai surpris une conversation au *Club de Santé*, c'était si drôle. Figurez-vous qu'on s'intéresse beaucoup à vos... heu, à votre vie privée.

Riant toujours, elle lui conta les ragots qui couraient sur son compte et conclut :

— Naturellement, je ne saurais vous dire à quel point cela me remonte le moral d'être jalousée et considérée comme une mystérieuse odalisque. J'espère qu'on ne découvrira jamais que je ne suis que la modeste directrice d'une auberge à Lakeside, dans le Vermont. Mon prestige en prendrait un coup!

— De toute façon, personne ne le croirait!

Taylor ne sembla pas démesurément amusé par son récit. Il sirotait son verre, les sourcils froncés. Son expression déconcerta B.J.

— Vous n'aimez plus ma robe, Taylor?

— Bien sûr que si. Je crois même que nous allons être obligés de commander du champagne. Vous êtes trop élégante pour boire autre chose!

Des huîtres accompagnaient le champagne. Le restaurant, élégant et raffiné, possédait des loggias qui dominaient le décor. Un gigantesque aquarium occupait le pan de mur du fond. De leur table, près d'un balcon, ils pouvaient apercevoir la mer. B.J. savoura une gorgée de champagne et regarda autour d'elle.

— C'est magnifique, Taylor.

— Oui, l'endroit n'est pas mal, concéda-t-il avec une satisfaction de propriétaire.

— Et votre personnel est superbement stylé. On devine à peine sa présence, et cependant tout est parfait dans le moindre détail. Vous devez refuser du monde, en hiver.

— Je n'y viens jamais à ce moment-là.

— Chez nous, reprit B.J., quand commence la saison d'été...

Mais il l'arrêta d'un geste impérieux et remplit à nouveau sa coupe de champagne.

— B.J., dit-il en posant sa main sur la sienne, j'ai réussi à vous empêcher de mentionner l'auberge toute la journée; tâchons de terminer la soirée sans y penser. Lorsque je dîne avec une jolie femme, je ne parle jamais de travail.

B.J. accepta docilement ce décret. S'il ne devait lui rester que le souvenir de ce moment, autant en goûter chaque minute. D'ailleurs, la tête commençait à lui tourner un peu.

— Et de quoi parlez-vous, lorsque vous dînez avec une jolie femme? demanda-t-elle.

— De choses plus romantiques, plus personnelles. De la musique de sa voix, par exemple. De la façon dont son sourire illumine ses yeux avant même d'atteindre sa bouche. De la tiédeur de sa peau sous mes doigts.

Il souleva en riant la main de B.J. et lui baisa l'intérieur du poignet. Elle lui lança un regard méfiant.

— Taylor, êtes-vous encore en train de vous moquer de moi?

— Non, B.J., fit-il d'une voix douce. Ce n'est pas du tout mon intention.

Rassurée, elle lui sourit et le laissa poursuivre la conversation sur le mode léger.

Les huîtres avaient été suivies d'un consommé froid. Puis on leur servit un délicieux filet de bœuf accompagné d'un sauté de petits légumes, enfin un soufflé au chocolat. La lueur vacillante des chandelles, le tintement du cristal et des couverts d'argent, le murmure feutré des conversations, les yeux de Taylor dans les siens — tout contribuait à faire de cette soirée quelque chose qui, B.J. en était sûre, resterait longtemps dans sa mémoire.

— Allons faire un tour avant que vous ne piquiez du nez dans votre champagne, proposa Taylor en l'aidant à se lever.

Main dans la main, ils descendirent sur la plage et marchèrent en silence, admirant la beauté de la nuit. Un parfum tenace d'orangers en fleurs se mêlait à la brise océane.

Je me souviendrai toujours de ce parfum, songeait B.J. Cet homme, la mer, cette soirée de rêve... Je n'oublierai jamais. Mais il est minuit, Cendrillon! Demain, plus de prince charmant, demain la vie recommence. Sans lui... Mais il me reste l'auberge, mon foyer, mes souvenirs; ce n'est pas si mal après tout.

Elle frissonna et décida de rayer le mot « demain » de ses pensées. Les vapeurs du champagne lui embrumaient encore agréablement l'esprit.

— Vous avez froid? s'inquiéta Taylor. Oui, vous tremblez. Nous ferions mieux de rentrer.

Elle acquiesça, et il l'entraîna en lui passant un bras autour des épaules. Ce contact la réconforta aussitôt.

— Oh! Taylor, chuchota-t-elle comme ils traversaient le hall, voici une des deux femmes dont j'ai surpris la conversation cet après-midi.

D'un signe du menton, elle lui désigna une brune qui les dévisageait avec une curiosité avide.

— Hummm, fit Taylor en appuyant sur le bouton de l'ascenseur.

La cage de verre descendit vers eux.

— Croyez-vous que je devrais la saluer? reprit B.J.

— J'ai une meilleure idée.

Avant qu'elle n'ait eu le temps de deviner son intention, il la prit dans ses bras et étouffa sa protestation d'un baiser passionné. Puis il la relâcha et adressa un sourire narquois à la femme brune qui n'avait cessé de les suivre du regard.

Taylor referma la porte et B.J. se tourna vers lui.

— En vérité, Taylor, je commence à regretter de n'avoir pas tout un passé de débauche que cette femme pourrait déterrer.

— Ne vous inquiétez pas, elle va s'empresser de vous en inventer un. Voulez-vous un cognac? proposa-t-il en faisant coulisser le panneau du bar.

— Non, merci. J'ai le bout du nez tout engourdi.

— Allons, bon. C'est une maladie grave?

— Non, plutôt un dispositif de sécurité, expliqua-t-elle en se hissant sur un tabouret. Quand mon nez s'engourdit, ça veut dire que j'ai bu un verre de trop et qu'il faut que je m'arrête.

– Oh! . Alors, mon idée de vous enivrer tombe à plat.

– J'en ai peur.

– Quelle est votre faiblesse, B.J.?

La question la prit au dépourvu et elle faillit répondre « vous », mais se retint à temps.

– Je ne suis pas insensible aux lumières tamisées et à la musique douce, avoua-t-elle.

– Vraiment?

Comme par magie, la lumière baissa et une mélodie aux accents langoureux envahit la pièce en sourdine.

– Comment avez-vous fait ça?

– Il y a un tableau de bord dissimulé derrière le bar.

– Les merveilles de la technologie, murmura-t-elle.

Il s'approcha d'elle et posa la main sur son bras. Elle tressaillit, les nerfs tendus.

– J'ai envie de danser avec vous, dit-il en l'aidant à descendre du tabouret. Et j'ai envie de sentir vos cheveux sous mes doigts. Otez les épingles de votre chignon, s'il vous plaît.

– Taylor, je...

– Chut.

Il défit sa coiffure, et les cheveux de B.J. se répandirent sur ses épaules. Puis il y emmêla ses doigts, les caressa longuement, avant de l'attirer dans ses bras. Serrée contre lui, elle se laissa porter par la musique. Sa nervosité s'évanouit tandis qu'ils évoluaient à l'unisson. Elle posa tout naturellement la joue sur son épaule; il lui semblait avoir dansé ainsi avec lui des milliers de fois.

– Allez-vous me révéler ce que B.J. signifie? lui chuchota-t-il à l'oreille.

– Personne ne le sait, répondit-elle d'une voix paresseuse. Même le F.B.I. enquête encore.

— Je vais être obligé de le demander à votre mère.

— Elle ne s'en souvient plus.

La main de Taylor lui caressait les reins. Elle poussa un petit soupir.

— Comment signez-vous vos papiers officiels ?

— B.J. Toujours B.J.

— Et votre passeport ?

— Je n'en ai pas, avoua-t-elle en haussant les épaules. Je n'en ai jamais eu besoin.

— Il vous en faudra un pour aller à Rome.

— Oui, je m'en occuperai la prochaine fois que j'irai. Je le signerai sans doute Bea Jay.

Elle sourit dans l'ombre, sachant qu'il ne devinerait pas qu'elle venait de répondre à sa question. Puis elle leva la tête pour le regarder, amusée. Il effleura ses lèvres d'un baiser.

— B.J., murmura-t-il, je voudrais...

— Embrassez-moi encore, Taylor, l'interrompit-elle. Embrassez-moi vraiment.

Elle se blottit contre lui et lui offrit sa bouche, les yeux fermés, faisant taire toute raison. Taylor répéta son nom et, avec un gémissement, il l'écrasa contre sa poitrine.

Son baiser avait quelque chose d'insatiable, de dévorant. Comme dans un rêve, B.J. sentit qu'il la soulevait, l'allongeait sur la moquette épaisse. Il se détacha enfin de ses lèvres et s'aventura sur son cou, au creux de sa gorge. Ecartant le lamé de son corsage d'une main sûre, il se mit à palper, à caresser sa chair ronde avec une espèce de ferveur. Pendant ce temps, son autre main remontait sous la fente de la jupe, étreignait sa cuisse ferme.

Emportée par une vague déferlante de passion et de désir, B.J. sentit chaque parcelle de son corps se dissoudre et renaître à la fois. Elle réagissait d'instinct à ses caresses, se tendait, se pliait avec une science qu'elle ne se connaissait pas. Balayant toute timidité désormais, elle glissa les doigts à son tour sous la veste de Taylor pour explorer la dureté de ses muscles, à la fois émue et terrifiée, tandis que ses lèvres cherchaient encore et encore le goût et la texture de sa peau. Peu à peu, la caresse de Taylor se fit plus fiévreuse, plus brutale. Quelque chose parut se déchaîner en lui, et elle trembla de plaisir anticipé.

Mais soudain, il s'arracha d'elle et plongea un instant dans ses grands yeux gris, voilés de frustration, d'incompréhension. Elle n'entendait que le halètement de sa respiration. Puis il se releva brutalement et la mit debout sans ménagements.

– Allez vous coucher! ordonna-t-il sèchement.

Médusée, elle le vit se diriger vers le bar et se verser un verre, à ras bord. Elle restait là, muette et immobile, comme une statue de sel.

– Vous ne m'avez pas entendu? reprit-il. Je vous ai dit de filer!

Il avala la moitié de son verre et alluma nerveusement une cigarette. Elle lui jeta un regard suppliant, humilié, au bord des larmes.

– Taylor, je ne comprends plus. Je croyais... je croyais que vous aviez envie de moi.

– C'est exact. (Il tira sur sa cigarette.) Et maintenant, allez vous mettre au lit.

– Taylor...

– Sortez d'ici avant que je n'oublie toutes mes bonnes manières, répéta-t-il, l'œil sombre.

Les épaules de B.J. s'affaissèrent. Elle ravala ses larmes.

– Très bien. Vous êtes le patron. Mais je vous avertis que ce qui vient de se passer ne se reproduira plus jamais. A partir de maintenant, la seule chose qui nous liera tous deux, c'est *l'Auberge du Lac*.

Il opina d'un hochement de tête.

– Ne parlons plus de ça pour le moment. Contentez-vous d'aller dormir.

B.J. se précipita dans sa chambre et s'enferma à double tour. Le verrou cliqueta dans le silence.

B.J. se jeta dans la routine de l'auberge comme un enfant blessé cherche refuge dans les bras de sa mère. Le retour de Floride, en avion, s'était effectué en silence, Taylor travaillant sur ses dossiers, tandis qu'elle feignait de parcourir quelques magazines. Depuis, elle n'avait aucun mal à l'éviter car, de son côté, il ne faisait pas le moindre effort pour la rencontrer. Cela lui déchirait le cœur et la soulageait, tout à la fois. Cette froideur, cette distance, rendaient son chagrin plus supportable. Un chagrin qu'elle s'appliquait à aviver pourtant, à entretenir, en songeant que dans quelques jours, lui parti, elle n'aurait plus que ses souvenirs pour combler le vide de son existence.

La présence envahissante de Darla Trainor n'arrangeait rien. B.J. ne pouvait s'empêcher de lui en vouloir, de la rendre responsable, par sa beauté, son élégance, de l'indifférence de Taylor à son égard. Mais il fallait admettre, qu'en ce moment, le jeune homme ne la voyait guère, elle non plus.

Redoutant de les rencontrer, B.J. avait installé ses quartiers dans sa chambre. Un après-midi, alors qu'elle était absorbée dans son travail, des cris perçants lui parvinrent. Elle sursauta, lâcha ses papiers, qui se répandirent autour d'elle. Aux glapissements se mêlaient à présent des piétinements et des chocs sourds. Effrayée, B.J. se précipita au troisième étage d'où semblaient provenir les cris. Là, la chambre trois cent quatorze semblait le théâtre d'une tragédie antique. Quand elle arriva sur les lieux, le spectacle qui s'offrait à elle la laissa un instant bouche bée. Au centre du tapis, Darla Trainor et une des femmes de chambre se livraient un combat sans merci. Un Eddie effaré et sautillant tentait en vain d'intervenir et les suppliait d'arrêter.

Retrouvant ses esprits, B.J. plongea dans la

bataille au péril de sa vie et s'efforça de ramener l'ordre.

— Mesdames! Mesdames, je vous en prie. Louise, que vous arrive-t-il? Mlle Trainor est une cliente, voyons!

Elle se retrouva aussitôt prise dans la mêlée. Injuriée, bousculée, repoussée, elle intervint de nouveau :

— Mesdames, cessez de crier, pour l'amour du ciel! On ne s'entend plus. (Elle s'aperçut qu'elle-même était en train de hurler.) Je vous en prie, mademoiselle Trainor, reprit-elle en baissant le ton. Louise est deux fois plus petite que vous, et deux fois plus âgée. Vous allez lui faire mal.

— Vous, fichez-moi la paix! vociféra Darla.

Son poing jaillit et, par accident ou à dessein, atteignit B.J. sous le menton. Celle-ci vacilla en arrière et s'écroula contre le montant du lit. La lumière lui parut éclater en mille fragments. Ensuite, tout devint noir et elle glissa lentement au sol.

— B.J.!

Une voix l'appelait du fond d'un tunnel. Elle cligna des paupières.

— Restez tranquille, ordonna Taylor.

Elle ouvrit les yeux et le vit penché sur elle, l'air inquiet. Il lui caressait le front.

— Que s'est-il passé? demanda-t-elle en tentant de se redresser.

Taylor la repoussa contre l'oreiller.

— C'est précisément ce que je voudrais savoir.

Il tourna la tête et elle suivit son regard. Eddie était affalé sur un petit canapé, entourant de son bras une Louise en larmes. Darla se tenait près de la fenêtre, altière et indignée. Retrouvant brusquement la mémoire, B.J. referma les yeux et poussa un long soupir. L'évanouissement avait ses bons côtés...

— Oh... murmura-t-elle. Quand je suis arrivée, Mlle

Trainor s'empoignait avec Louise. Je crois que je me suis trouvée sur le chemin de son direct du droit.

La main qui caressait son front s'immobilisa. Taylor se raidit.

– Quoi? Elle vous a frappée?

Elle s'apprêtait à répondre quand Darla la devança :

– C'était un accident, Taylor, expliqua-t-elle avec un regard de martyr. J'essayais de décrocher ces rideaux hideux quand cette... cette femme de chambre est entrée et a voulu m'en empêcher en me criant des horreurs. Là-dessus, ce jeune homme est arrivé et s'est mis à frétiller dans tous les sens. (Elle désigna Eddie d'une main lasse, avant de porter celle-ci à ses yeux.) Ensuite, ça a été le tour de Mlle Clark, surgie de nulle part et braillant plus fort que tout le monde. Croyez-moi, ce fut une expérience terrible...

Arrivée à ce point de son récit, Darla frissonna, puis parut se ressaisir au prix d'un effort surhumain.

– J'ai tenté de la repousser, jugeant qu'elle n'avait rien à faire dans ma chambre, reprit-elle. Aucune de ces personnes n'avait le droit d'y pénétrer, du reste.

– Et elle, elle n'avait pas le droit d'enlever ces rideaux! s'écria Louise en agitant vers la fenêtre le mouchoir chiffonné d'Eddie.

Tous les regards se tournèrent vers les rideaux de chintz blanc qui pendaient lamentablement, à demi décrochés de leur tringle.

– Elle a dit qu'ils étaient démodés et minables, comme tout ce qu'il y a dans cette auberge! poursuivit Louise. Des rideaux que j'ai lavés moi-même la semaine dernière. Je n'allais tout de même pas la laisser les abîmer! Je lui ai gentiment demandé de ne pas y toucher.

– Gentiment? explosa Darla. Vous m'avez sauté dessus!

– Je ne l'ai attaquée que parce qu'elle a refusé de

m'écouter, répliqua dignement Louise. Elle était montée sur la chaise cannée d'époque, B.J.! Avec ses talons aiguilles!

Incapable d'en dire davantage, Louise enfouit son visage contre l'épaule d'Eddie. Darla leva vers Taylor un regard pathétique.

– Taylor, vous n'allez pas lui permettre de me parler sur ce ton, n'est-ce pas? Renvoyez-la sur-le-champ! Elle aurait pu me blesser. Elle n'a pas toute sa tête.

Tout en parlant, elle s'était approchée de lui pour poser la main sur son bras. Une admirable première larme perla au coin de ses longs cils. Ulcérée par cette comédie, B.J. se leva d'un bond, ignorant la poigne de Taylor et la migraine qui lui taraudait le crâne.

– Monsieur Reynolds, suis-je encore la directrice de cette auberge?

– Naturellement.

– Très bien. Mademoiselle Trainor, c'est à moi qu'il revient d'engager ou de renvoyer mon personnel. Si vous voulez porter plainte officiellement, adressez-moi une lettre. Elle recevra toute mon attention. En attendant, je vous avertis que vous serez tenue pour responsable de tout dommage que pourrait subir l'ameublement de votre chambre. Sachez également que l'auberge soutiendra Louise dans cette affaire.

Darla parut sur le point d'étouffer de rage.

– Taylor! Qu'attendez-vous pour intervenir?

– Monsieur Reynolds, reprit calmement B.J. qui n'aspirait qu'à mettre la main sur un tube d'aspirine et à sombrer dans l'oubli, vous devriez peut-être emmener Mlle Trainor boire quelque chose au bar. Nous reparlerons de tout cela plus tard.

Taylor la dévisagea un instant, puis hocha la tête.

– Entendu. Reposez-vous dans votre chambre pour le reste de la journée. Je veillerai à ce que vous ne soyez pas dérangée.

Après avoir accepté les témoignages de gratitude et de sympathie d'Eddie et de Louise, B.J. redescendit dans sa chambre. Se déplaçant sur la pointe des pieds au milieu des papiers épars, elle avala deux comprimés d'aspirine et se pelotonna sous le couvre-lit. Confusément, elle entendit la porte s'ouvrir et sentit une main lui caresser les cheveux. Mais son besoin de sommeil était trop puissant, et elle ne sut pas très bien si le baiser qui effleurait ses lèvres appartenait au rêve où à la réalité.

A son réveil, sa migraine commençait à s'apaiser. Elle se redressa et aperçut ses papiers soigneusement rangés, sur son bureau. Je rêve encore, se dit-elle. Ou alors, je les ai ramassés sans m'en rendre compte. Elle se tâta la nuque, y rencontra une petite bosse et gémit :

— Oh, là là ! Ce sont toujours les médiateurs qui trinquent...

Elle sauta du lit. Dans le hall, elle tomba sur Eddie, Maggie et Louise qui échangeaient des propos véhéments à voix basse.

— Oh, B.J. ! s'écria Maggie en sursautant, l'air coupable. M. Reynolds a dit qu'il ne fallait pas vous déranger. Comment vous sentez-vous ? Il paraît que cette peste de Trainor vous a à moitié assommée.

— Un vrai boxeur, cette fille ! Mais cela va mieux.

Le regard de B.J. passa d'un visage solennel à l'autre, et ses épaules s'affaissèrent légèrement.

— Bon, fit-elle, résignée. Quel est le problème ?

La question lui valut trois flots de paroles confuses qui s'entremêlaient. Elle leva la main pour imposer le silence et choisit au hasard :

— A vous, Eddie.

— C'est à propos de l'architecte... commença-t-il.

— Quel architecte ?

— Celui qui est venu quand vous étiez en Floride. D'abord, nous ne savions pas qu'il était architecte. Dottie croyait que c'était un artiste peintre, parce

qu'il se promenait tout le temps avec un carnet et un crayon et n'arrêtait pas de faire des croquis.
– Des croquis de quoi?
– De l'auberge. Mais ce n'était pas un artiste...
– C'était bel et bien un architecte, intervint Maggie, incapable de garder le silence plus longtemps.

Eddie lui jeta un regard sévère.

– Mais comment savez-vous que c'était un architecte? interrogea B.J. qui ne comprenait goutte à cette histoire de croquis.
– Louise a entendu M. Reynolds lui parler au téléphone.

B.J. tressaillit, l'estomac soudain noué.

– Qu'avez-vous entendu, Louise?
– Je n'écoutais pas aux portes! se défendit Louise. Enfin, pas vraiment... corrigea-t-elle devant les sourcils froncés de B.J. Je m'apprêtais à nettoyer le bureau, et M. Reynolds était au téléphone. J'ai donc « attendu » près de la porte. Il a parlé d'une nouvelle construction et a prononcé le nom de cet homme, Fletcher. Je me suis souvenue que Dottie l'avait vu faire beaucoup de croquis. (Elle eut un petit sourire, comme pour se féliciter de sa mémoire.) Bref, après des tas de détails techniques, M. Reynolds a dit à ce Fletcher que personne ne devait découvrir qu'il était architecte avant que tout ne soit réglé.
– B.J.! piailla Eddie en se tordant les mains, croyez-vous qu'ils vont remodeler l'auberge, en fin de compte? Croyez-vous que nous serons obligés de partir?
– Non! affirma B.J. Non, il doit s'agir d'un malentendu. Je vais m'en occuper tout de suite. En attendant, retournez à votre travail, et pas un mot là-dessus à qui que ce soit.
– Il ne s'agit pas d'un malentendu, annonça la voix de Darla.

Celle-ci venait d'approcher à leur insu, de sa démarche ondulante; B.J. ne se démonta pas.

— Retournez à votre travail! leur répéta-t-elle avec une autorité indiscutable.

Eddie et les deux femmes de chambre s'éloignèrent docilement — et ne reprirent leur conciliabule que lorsqu'ils furent à distance respectable.

— Veuillez m'excuser, mademoiselle, reprit B.J. Je suis occupée.

— Je sais. Taylor vous attend. Il brûle de vous révéler ses projets concernant cet établissement.

Darla promena un regard méprisant autour du hall, comme si elle en envisageait la démolition complète.

— Que savez-vous au juste de ses projets?

— Vous ne pensiez tout de même pas qu'il allait laisser l'auberge dans cet état uniquement pour vous faire plaisir? (Elle se mit à rire.) Taylor a beaucoup trop de sens pratique pour obéir à ce genre d'impulsion généreuse. Toutefois, il n'est pas impossible qu'il vous offre un petit emploi d'intendance quand les travaux seront terminés. Vous n'êtes certainement pas qualifiée pour diriger un de ses clubs, mais il semble vous trouver des qualités... A votre place, bien sûr, je ferais mon balluchon tout de suite et je tirerais ma révérence. Ceci afin de m'éviter une humiliation.

— Dois-je comprendre, articula B.J., que Taylor a pris la décision définitive de transformer l'auberge en club de vacances?

— Mais cela va sans dire! Sinon, pourquoi aurait-il fait venir un architecte après m'avoir consultée? Si c'est le sort de votre personnel qui vous inquiète, rassurez-vous. Je suis certaine qu'il en conservera une partie, du moins temporairement...

Avec un sourire de triomphe, Darla lui tourna le dos et s'éloigna.

Clouée sur place, B.J. la regarda disparaître. Après une première bouffée de désespoir, sa colère gronda comme celle d'un volcan. Elle bondit dans l'escalier, grimpa les marches quatre à quatre et s'enferma dans sa chambre. Un moment plus tard, elle en ressortait, un papier à la main, et faisait brutalement irruption dans le bureau de la direction, sans s'annoncer. Taylor se leva, très surpris.

– B.J.! Que se passe-t-il encore? Je vous avais dit de rester au lit!

Pour toute réponse, elle lui brandit sous le nez sa lettre de démission. Il la saisit, la parcourut à peine et soupira :

– B.J., nous avons déjà joué cet épisode!

– Vous pouvez également la déchirer, mais cela ne servira à rien! s'écria-t-elle d'une voix tremblante. Vous m'aviez donné votre parole! Trouvez-vous une autre dupe, monsieur Reynolds. Moi, je m'en vais!

Elle s'élança hors de la pièce, heurta Eddie, le fit valser de son chemin et retourna s'enfermer dans sa chambre. Là, elle ouvrit ses valises et y jeta pêle-mêle tout ce qui lui tombait sous la main. Vêtements, cosmétiques, souvenirs, la première valise déborda très vite.

Elle interrompit un instant son activité frénétique en entendant une clé tourner dans la serrure. Taylor apparut.

– Hors d'ici. Et vite! ordonna-t-elle. C'est ma chambre, pour quelques instants encore.

Elle regrettait sincèrement de n'être pas assez forte pour le jeter dehors.

– Vous êtes en train d'y semer un beau désordre, observa-t-il calmement. Vous feriez mieux d'arrêter, B.J. Vous n'allez nulle part.

B.J., qui s'apprêtait à jeter une plante en pot au milieu de sa lingerie, se reprit à temps.

– Oh, que oui! Je m'en vais dès que j'ai fini mes valises. Non seulement travailler pour vous est intolérable, mais vivre sous le même toit est une épreuve que je ne supporte plus. Vous m'aviez promis! Et dire que je vous ai cru... ajouta-t-elle. J'avais confiance! Comment ai-je pu être aussi stupide? Si vous vous étiez montré honnête, j'aurais essayé de m'adapter moi aussi, d'une façon ou d'une autre...

Les larmes jaillirent soudain de ses yeux, incontrôlables, et elle les essuya impatiemment du revers de la main.

— Oh! Comme je voudrais être un homme, marmonna-t-elle en arrachant un poster du mur.

— En effet, si vous étiez un homme, nous n'aurions pas ce genre de problème. B.J., arrêtez de démolir cette pièce, ou je vous assomme. On vous a déjà assommée une fois, aujourd'hui. Ne l'oubliez pas.

Le calme de sa voix, son sourire mi-amusé, mi-exaspéré attisèrent encore la fureur de B.J.

— C'est ça! fichez-vous de moi!

— Allons, détendez-vous, reposez-vous. Nous parlerons plus tard.

— Ah! non. Ne me touchez pas, s'écria-t-elle comme il faisait mine de la prendre par le bras. Je vous interdis de me toucher!

Elle avait réagi avec tant de désespoir et de force qu'il laissa retomber sa main. Dans ses yeux, elle vit apparaître une lueur irritée.

— Très bien. Supposons que vous me disiez exactement de quoi je suis coupable?

— Vous le savez parfaitement.

— Expliquez-moi quand même, insista-t-il en allumant une cigarette.

— Cet architecte que vous avez fait venir ici quand nous étions en Floride...

— Fletcher? interrompit Taylor en la regardant avec attention. Qu'est-ce qu'il a à voir là-dedans?

— Ce qu'il a à voir là-dedans? répéta-t-elle, incrédule. Vous lui avez demandé d'exécuter un tas de plans derrière mon dos. Vous m'avez probablement emmenée en Floride pour le laisser faire ses petits dessins en paix!

— Ma foi, ce n'est pas tout à fait faux.

Cet aveu la laissa sans voix. Une vague de chagrin la traversa, se refléta dans son regard.

— B.J., reprit Taylor avec plus de curiosité que de colère, si vous me disiez au juste ce que vous savez?

— Tout! Darla n'a été que trop heureuse de m'éclairer. Vous devriez aller la retrouver.

— Elle est partie. Je l'ai renvoyée, B.J. Croyez-vous que je lui aurais permis de rester après qu'elle vous ait frappée? Que vous a-t-elle raconté?

— Tout, vous dis-je! Que vous avez fait venir cet architecte pour transformer l'auberge en club de vacances. Que quelqu'un d'autre que moi en assurera la direction. (Sa voix se brisa.) Peu importe que vous m'ayez menti, Taylor. Je m'en remettrai. Mais ce qui est plus grave, c'est que vous allez bouleverser la vie de cette communauté, détruire son environnement pour gagner quelques dollars de plus. Quelques dollars dont vous n'avez pas le plus petit besoin...

— Ça suffit, B.J.!

Taylor écrasa sa cigarette et enfouit ses mains dans ses poches. Comme elle allait riposter, il l'arrêta d'un geste.

— J'ai fait venir cet architecte pour deux raisons. Premièrement, je veux qu'il me construise une maison sur le terrain que mon agent a acheté la semaine dernière. Un terrain qui se trouve à dix kilomètres de Lakeside environ : trois hectares de verdure sur une colline dominant le lac. Vous connaissez probablement l'endroit.

— Pourquoi vous faut-il...

— Deuxièmement, poursuivit-il en ignorant son interruption, je veux modifier une petite partie de l'auberge tout en respectant son architecture. Il s'agit d'un léger agrandissement. Comme vous le savez, l'espace où vous travaillez est assez limité. Or, j'ai l'intention d'y transférer mon bureau de New York après notre mariage. Nous aurons donc besoin d'un peu plus de place.

— Je ne vois pas... commença B.J.

Mais elle s'arrêta net, en proie à une tempête d'émotions, et le regarda fixement.

– Notre mariage! Il n'y aura pas de mariage! articula-t-elle enfin.

– Mais si, mais si, vous verrez, opina-t-il paisiblement, en s'adossant au mur. En attendant, allez rassurer les esprits inquiets. L'auberge restera ce qu'elle est, et vous serez toujours sa directrice. Avec quelques changements toutefois...

B.J. se laissa tomber sur une chaise.

– Quels changements? balbutia-t-elle.

– Traiter mes affaires dans le Vermont ne me pose aucun problème, mais je ne tiens pas à passer toute ma vie d'homme marié dans une auberge. Nous nous installerons dans la maison dès qu'elle sera terminée, et Eddie vous déchargera d'une partie de vos responsabilités. Il faudra aussi vous libérer de temps en temps. Nous partons pour Rome dans trois semaines.

– Rome?

– Oui, votre mère m'envoie votre extrait de naissance. Nous allons nous occuper de votre passeport.

– Ma mère?

B.J. se faisait l'impression d'être un perroquet. Incapable de rester assise, s'efforçant en vain de dissiper la confusion de son esprit, elle se leva et se dirigea vers la fenêtre, où elle appuya son front.

– Il semble que vous ayez pensé à tout... sauf à m'interroger sur mes sentiments, murmura-t-elle.

– Je connais vos sentiments. Je vous l'ai dit, avec des yeux pareils, vous ne pouvez rien me cacher.

Taylor s'approcha, posa les mains sur ses épaules. Elle se raidit et continua d'observer les rayons du soleil filtrant à travers les pins, sur la colline.

– Pourquoi voulez-vous m'épouser, Taylor?

– Cherchez bien...

Il se pencha, lui effleura les cheveux d'un baiser. Elle ferma les yeux.

– Vous n'avez pas besoin de m'épouser pour ça.

Nous le savons tous les deux. (Elle respira profondément.) La première fois que vous êtes entré dans ma chambre, vous aviez déjà gagné la partie.

– Cela ne suffisait pas, dit-il en lui encerclant la taille pour l'attirer contre lui. J'ai décidé de vous épouser à la minute même où je vous ai vue arriver dans le bureau de la direction avec vos pistolets imaginaires à la ceinture. Je savais que je pouvais réussir à vous donner envie de moi, mais cette nuit-là, dans votre chambre, vous m'avez regardé... et j'ai compris que je ne pouvais pas m'en contenter. Je voulais que vous m'aimiez. Oui, c'est votre amour que je voulais. Pas seulement votre désir.

– Et en attendant, vous vous êtes consolé avec Darla? demanda-t-elle avec une fausse désinvolture.

Il la fit se retourner si vivement que ses cheveux blonds lui balayèrent le visage.

– Je n'ai pas touché à Darla. Je n'ai touché à aucune femme à partir du moment où je vous ai rencontrée.

Sa bouche se posa sur celle de B.J., autoritaire et possessive, ne lui laissant aucune chance de répliquer. Il l'étreignit passionnément.

– Vous me rendez fou depuis deux semaines, chuchota-t-il contre ses lèvres. Je me suis donné un mal de chien pour lutter contre la faim que j'avais de vous. Je ne voulais pas vous faire de mal.

Son baiser s'adoucit, devint suave et tendre. Il lui prit le visage entre les mains, l'obligea à lever la tête.

– Vous ai-je déjà dit que je vous aimais? ajouta-t-il.

B.J. ouvrit de grands yeux, incapable de formuler un son. Elle avala sa salive et secoua la tête.

– C'est bien ce que je pensais. Alors, je vous le dis, B.J.

Il effleura de nouveau ses lèvres d'un baiser. Elle l'enlaça à son tour, s'accrocha à lui, craignant de le voir s'évanouir en fumée.

— Taylor, pourquoi avez-vous attendu si longtemps?

Il se détacha et se mit à rire.

— Chérie, nous nous connaissons depuis quinze jours!

— Quinze mois, fit-elle en cachant sa tête contre son épaule. Quinze ans, quinze siècles...

— Et pendant tout ce temps, vous n'avez cessé de me sauter à la gorge! (Il lui caressa les cheveux.) Chaque fois que j'essayais de vous parler, cela se terminait en explosion atomique! Je vous ai emmenée en Floride pour tenter de vous amadouer.

— Vous disiez que vous aviez un problème à régler à Palm Beach!

— J'ai menti, avoua-t-il simplement.

L'air stupéfait de B.J. le ravit. Il se laissa tomber sur le bord du lit, l'attira sur ses genoux.

— Je voulais vous éloigner de l'auberge pendant quelque temps, reprit-il. Vous détendre, vous rendre réceptive. Et vous avoir toute à moi. Bien entendu, il a fallu que je vous surprenne en compagnie de ce Chad Hardy!

— Vous étiez jaloux! s'écria-t-elle, enchantée.

— Le mot est faible. Mais cela a renforcé mon intention de faire les choses proprement. D'où dîner au champagne, avec chandelles et tout et tout. Cette nuit-là, en Floride, je voulais vous avouer mon amour et vous demander de m'épouser.

— Qu'est-ce qui vous en a empêché?

— Vous. Vos yeux étaient trop innocents, trop vulnérables. Et vous trembliez. (Il soupira et posa sa joue contre la sienne.) J'étais furieux contre moi-même parce que j'avais failli perdre le contrôle de la situation.

— Je croyais que vous étiez en colère contre moi!

— Cela valait mieux ainsi. Si je vous avais avoué mon amour, plus rien ne m'aurait retenu. Je craignais de n'être pas en mesure de me contrôler, de me montrer brutal. Nous l'aurions regretté ensuite.

Dieu, que j'ai eu envie de vous, cette nuit-là, B.J.! J'en aurais hurlé.

Il se pencha pour tracer le contour de ses lèvres du bout des doigts, déposa sur sa bouche un baiser léger comme une plume. B.J. lui répondit avec ferveur. La passion les embrasa aussitôt. Taylor la couvrait de caresses brûlantes : le cou, les yeux, les seins, son ventre si plat...

Il avait dégrafé son chemisier sans qu'elle s'en rendît compte. Il se redressa avec un soupir haletant.

– Vous comprenez pourquoi je me suis tenu à l'écart, ces deux derniers jours? dit-il. Je voulais que tout soit réglé avant de vous approcher de nouveau. Mais j'aurais dû attendre encore. Nous avons besoin d'une licence de mariage.

– Si vous êtes très pressé, je peux en parler au juge Walker, murmura-t-elle. C'est l'oncle d'Eddie.

– Décidément, ces petites villes de province américaine me surprendront toujours!

Comme Taylor resserrait son étreinte, on frappa à la porte et la voix d'Eddie retentit derrière la cloison.

– B.J.! Madame Frank voudrait nourrir Julius et je n'arrive pas à trouver sa pâtée. Et les sœurs Bodwin n'ont plus de graines de tournesol pour Horatio.

– Qui est Horatio? chuchota Taylor.

– Le perroquet des Bodwin.

– Pourquoi ne donne-t-il pas Horatio à manger à Julius? suggéra-t-il.

– C'est une idée.

B.J. parut réfléchir à la question, puis secoua la tête.

– Eddie! La pâtée de Julius est dans le réfrigérateur de la cuisine, troisième étagère à droite! Pour Horatio, envoyez quelqu'un chercher un paquet de graines de tournesol à Lakeside! Et ne me dérangez plus pour le moment, Eddie. Je suis très occupée. M. Reynolds et moi sommes en conférence. (Elle

enlaça Taylor et lui sourit.) Et maintenant, monsieur Reynolds, peut-être aimeriez-vous que je vous donne mon avis de décoratrice éclairée sur la construction de cette maison, ainsi que sur l'aménagement de votre futur bureau?
– Soyez sage, B.J., ne m'énervez pas!
– D'accord. Vous êtes le patron... fit-elle au moment où leurs bouches se rejoignaient.

Vous venez de lire un livre de la *Série Romance*.

Découvrez désormais la *Série Désir*.
Vous y trouverez la séduction, la jalousie,
la tendresse, la passion, l'inoubliable...
La Série Désir vous entraîne dans un monde
de sensualité où rien n'est ordinaire.

Série Désir: 4 romans "haute passion",
Série Romance: 6 romans, chaque mois.

147 ELENI CARR
Un été doré

Quand, enfin, on propose à Helen un poste
d'enseignante à l'université américaine d'Athènes,
elle est folle de joie... ou presque. Mais la présence
du ténébreux Demetrios Criades l'intrigue et
la bouleverse à la fois. Qui est-il réellement?

148 NANCY JOHN
Prise au piège

Aux sports d'hiver, Belinda tombe follement amoureuse
d'Adam Lloyd, un séduisant propriétaire terrien.
Jalouse de son succès, sa sœur jumelle, Barbara,
met tout en œuvre pour la supplanter. Elle épouse
Adam... et le quitte à peine quelques mois plus tard.
Scandalisée par tant de désinvolture, Belinda vole
au secours de son beau-frère...

150 FRANCES LLOYD
Par une nuit sauvage

Pour rejoindre son demi-frère au cœur de l'Australie,
Laura s'embarque clandestinement sur le camion de
MacDougall, un cow-boy mal dégrossi, rude et âpre
comme ce pays immense et désertique.

JOANNA SCOTT
Cruel malentendu

Une nuit, une seul nuit d'amour l'a enchaînée à lui pour toujours par les liens du souvenir ... et de la chair. Linda a tout fait pour le fuir, mais que faire pour lutter contre Jason Reynolds, le tout-puissant producteur de disques ?

JEANNE STEPHENS
Une douce odeur de jasmin

Bien que Dan, le fameux milliardaire, la soupçonne d'avoir gagné le cœur de sa fille Amanda dans le seul but de le séduire, Carol n'en continue pas moins à voir sa jeune amie... et cette amitié innocente l'entraîne plus loin qu'elle ne le souhaiterait.

Série Romance

141 **Au gui l'an neuf!** JANET DAILEY
142 **Un tendre caprice** LAURA HARDY
143 **L'île des dieux** ANNE HAMPSON
144 **Un souffle de passion** ANN MAJOR
145 **La femme blessée** BRENDA TRENT
146 **L'Afrique des sortilèges** ANDREA BARRY

147 **Un été doré** ELENI CARR
148 **Prise au piège** NANCY JOHN
149 **Du soleil dans les yeux** NORA ROBERTS
150 **Par une nuit sauvage** FRANCES LLOYD
151 **Cruel malentendu** JOANNA SCOTT
152 **Une douce odeur de jasmin** JEANNE STEPHENS

153 **La magie d'un soir** JOANNA SCOTT
154 **Une si douce défaite** DONNA VITEK
155 **Amis ou ennemis?** NORA ROBERTS
156 **Des perles d'or** CYNTHIA STAR
157 **Aux frontières de la nuit** CAROLE HALSTON
158 **Une saison de bonheur** ASHLEY SUMMERS

159 **Escapade au Mexique** JANET DAILEY
160 **Au loin, une île** DOROTHY CORK
161 **Le soleil de minuit** MARY CARROLL
162 **La brume nacrée du matin** DONNA VITEK
163 **Plus fort que la tendresse** ANNE HAMPSON
164 **Oublier l'inoubliable** SANDRA STANFORD

Série Désir

- 5 **Gentleman et démon** STEPHANIE JAMES
- 6 **Une si jolie grande sœur** NICOLE MONET
- 7 **Impossible passion** LINDA SUNSHINE
- 8 **Un rêve de miel** SARA CHANCE
- 9 **Au hasard d'un caprice** RITA CLAY
- 10 **Sortilèges dans les îles** ALANA SMITH
- 11 **Les délices de Serena** BILLIE DOUGLASS
- 12 **Au jeu de la chance** STEPHANIE JAMES
- 13 **Toutes les femmes plus une** JANET JOYCE
- 14 **Dans le désert brûlant** SUZANNE MICHELLE
- 15 **Je veux que tu m'aimes** JUDITH BAKER
- 16 **Le destin le voulait** ANN MAJOR
- 17 **Dis-moi ton secret** RUTH STEWART
- 18 **Plus merveilleux que le rêve** ANN MAJOR
- 19 **La volupté du remords** RITA CLAY
- 20 **Mon ennemie chérie** SUZANNE SIMMS
- 21 **Les cendres du soleil** RAYE MORGAN
- 22 **Prise au jeu** PENNY ALLISON

Achevé d'imprimer sur les presses de l'imprimerie Brodard et Taupin
7, Bd Romain-Rolland, Montrouge. Usine de La Flèche,
le 20 octobre 1983. ISBN : 2 - 277 - 80149 - 6
1288-5 Dépôt légal octobre 1983. Imprimé en France

Collections Duo
31, rue de Tournon   75006 Paris
diffusion France et étranger : Flammarion